La cha___ ___ ___ mort
1

CHRISTOPHER PIKE

Un squelette sous la mer	*J'ai lu* 4520/3
Diaboliquement vôtre	*J'ai lu* 4521/3
Week-end fatal	*J'ai lu* 4525/3
Scénario macabre	*J'ai lu* 4532/3
Dernier acte	*J'ai lu* 4620/3
La chaîne de la mort - 1	*J'ai lu* 4644/2
La chaîne de la mort - 2	*J'ai lu* 4723/2

Christopher Pike

La chaîne de la mort
1

**Traduit de l'américain
par Christine Bouchareine**

Éditions J'ai lu

Titre original :
CHAIN LETTER 1 :
Published in the U.S. by Avon Books, a division of
The Hearst Corporation, N.Y.
Pour la traduction française :
© Éditions J'ai lu 1997

1

Ce fut Alison Parker qui vit la lettre la première. Elle ne s'occupait jamais du courrier de son amie, mais la boîte aux lettres était légèrement entrouverte et elle n'avait pu s'empêcher de remarquer l'enveloppe d'un violet agressif adressée à Fran Darey. C'était une lettre bizarre, plus haute que longue, sans adresse d'expéditeur. Alison se demanda s'il s'agissait d'une lettre d'amour. En tout cas, celui qui l'avait envoyée avait assez mauvais goût côté couleurs. L'enveloppe violette faisait penser à de la viande avariée.

— Vous avez besoin d'aide ? lança-t-elle à ses amies.

Elle était debout sur le perron de Fran, chargée d'un tas de livres et de sacs : tout ce qu'il fallait aux trois filles pour faire leurs devoirs, plus leurs affaires personnelles. Fran Darey et Brenda Paxson venaient de décharger un panneau à moitié peint du break d'Alison. Elles le portaient avec précaution vers le garage. C'était un décor de *Vous ne l'emporterez pas avec vous*, la pièce qu'elles répétaient toutes les trois, au lycée. Fran était responsable des effets spéciaux. Brenda jouait un personnage secondaire assez excentrique. Alison était la vedette.

— Mais quelle idée tu as eue ! haleta Brenda.

Elle rejeta la tête en arrière pour écarter sa longue frange, et lâcha prise. Le décor tomba lourdement sur l'allée en ciment et un pan de papier peint se décolla.

— Hé, je l'ai emporté chez moi pour finir de le peindre, pas pour le saccager ! protesta Fran.

— J'arrive, dit Alison en posant précipitamment ses paquets.

Elle dévala l'escalier. Il faisait chaud et brumeux, ce n'était pas un jour idéal pour des travaux de force. Mais Alison s'en moquait. L'été approchait ; bientôt ce serait la remise des diplômes, les vacances, la liberté ! Elle avait hâte de terminer ses études secondaires, pour mener enfin sa vie. Elle avait l'intention de faire quatre ans d'art dramatique à l'université de Los Angeles, et ensuite elle partirait à Hollywood. Elle avait une chance sur un million de devenir une star, lui répétaient ses parents, mais elle aimait les défis et elle adorait jouer. De plus, elle n'avait jamais écouté ses parents.

— Viens par là, dit Brenda, l'appelant à sa rescousse.

— Non, Ali, viens par ici, dit Fran.

— Pourquoi t'aiderait-elle ? demanda Brenda. C'est ton boulot. Je ne suis qu'une volontaire. Je ne touche même pas le minimum syndical.

— Mais tu es plus forte que moi, dit Fran, blêmissant sous l'effort.

— Je vais me mettre au milieu, trancha Alison.

Dans un concert de grognements, elles réussirent à mettre le décor dans le garage. Brenda s'empressa de souligner que Fran n'avait à vrai dire aucune raison d'emporter ce machin chez elle. La première de *Vous ne l'emporterez pas avec vous* n'aurait lieu que dans un mois.

Lorsqu'elles furent assises devant la table de la cuisine, à boire du lait en grignotant des petits gâteaux, Alison se souvint qu'elle avait laissé ses affaires sur le perron. Elle alla les chercher et demanda, par la fenêtre de la cuisine, si Fran voulait son courrier.

— Elle s'en fiche, lui répondit Brenda. Jamais personne ne lui écrit.

— Ce n'est pas vrai, protesta Fran. Oui, je veux bien, Ali.

— Tiens, cette lettre est à ton nom, dit Alison.

— D'où vient-elle ? demanda Brenda, entre deux bouchées de gâteau.

Fran ne répondit pas tout de suite. Elle examina l'enveloppe longuement, caressant visiblement un espoir qui ne pourrait être que déçu lorsqu'elle l'ouvrirait. Elle n'avait pas de petit ami, et n'était jamais sortie avec un garçon. Pourtant, elle était loin d'être laide. Elle avait de très jolis cheveux châtain clair avec de magnifiques reflets naturels qui mettaient en valeur son visage au teint clair et sa bouche généreuse. C'était une bonne élève ; malheureusement, dès qu'il y avait des garçons dans son entourage, elle se repliait sur elle-même et n'osait plus ouvrir la bouche.

— Il n'y a pas le nom de l'expéditeur, dit-elle finalement.

Alison sourit.

— Ce doit être une lettre d'amour.

Fran rougit.

— Oh, non, ça m'étonnerait !

— Ouvre-la, dit Brenda.

— Plus tard, répondit Fran en mettant la lettre de côté.

— Maintenant, insista Brenda.

— Non.

— Pourquoi ?

— Brenda, c'est peut-être personnel... commença Alison.

Mais Brenda avait le bras long et le geste rapide et, tout à coup, la lettre fut entre ses mains.

— Je veux t'éviter des émotions.

Et elle déchira l'enveloppe.

— Rends-moi ça tout de suite ! hurla Fran, hors d'elle.

Elle bondit de sa chaise, qui se renversa, et se jeta sur Brenda avec une fureur qui parut les surprendre toutes les deux. Il s'ensuivit une brève échauffourée, et ce fut Fran qui l'emporta.

— Je voulais juste t'aider, dit Brenda en rajustant son chemisier, le souffle court.

Fran s'assit sans quitter l'enveloppe des yeux.

— Mais ça ne te regarde pas.

— Moi aussi, j'aimerais bien savoir qui te l'a envoyée, dit Alison d'un ton désinvolte.

— C'est vrai ? demanda Fran d'une toute petite voix.

Elles avaient grandi ensemble et, pour des raisons qu'Alison n'avait jamais bien saisies, Fran prenait ses opinions à cœur et se mettait en quatre pour lui faire plaisir. Cette sorte de vénération ne gênait pas Alison, mais elle essayait, en temps normal, de ne pas en profiter. Elle se sentit donc un peu coupable d'avoir insisté.

— Ce n'est pas grave, se reprit-elle. On n'a pas le temps, de toute façon, on ferait mieux d'étudier notre biologie. Une longue route m'attend pour rentrer chez moi.

Son père venait de changer d'emploi, et ils avaient dû déménager. Mais comme la fin de l'année scolaire était toute proche, elle n'avait pas voulu changer d'école. Elle avait cinquante-cinq kilomètres d'autoroute à parcourir pour regagner sa demeure, perdue en pleine campagne dans la vallée de San Bernardino. Leur maison était toute neuve ; elle faisait partie d'un nouveau lotissement, une oasis de civilisation dans un voisinage désertique. Leur isolement était d'autant plus total qu'ils étaient la seule famille à s'y être installée. Depuis quelque temps, la nuit, elle se sentait angoissée par toutes les rangées de maisons inoccupées qui l'entouraient. Elle avait l'impression d'être épiée.

— Si tu veux vraiment la lire... reprit Fran à contrecœur.

— Non, dit Alison en ouvrant son livre. Étudions d'abord la photosynthèse. Je ne comprends toujours pas comment la chlorophylle transforme le dioxyde de carbone en oxygène. A la page...

— Je peux l'ouvrir, tu sais, la coupa Fran.

— C'est pas la peine. A la page...

— Ouvre cette fichue lettre, qu'on en finisse! marmonna Brenda en engouffrant un petit gâteau. Mais pourquoi je mange ces trucs? Ils vont me rendre obèse.

— Tu ne seras jamais obèse, dit Alison.

— On parie?

— Quelle importance si tu grossis? dit Alison. Essie serait mieux un peu plus ronde.

Essie était le personnage joué par Brenda.

— Ce n'est pas ce que dit le livret de la pièce, et je n'ai pas besoin de ce genre d'excuse. J'aurais préféré avoir le rôle d'Alice, comme ça, j'aurais eu de bonnes raisons de suivre mon régime.

C'était Alison qui jouait le rôle d'Alice. Alison se demanda s'il y avait un quelconque ressentiment dans la remarque de son amie. Après tout, Brenda aussi souhaitait étudier l'art dramatique à l'université, mais leur école ne présentait qu'un candidat à la bourse d'études dans cette spécialité, et elles avaient toutes les deux besoin de cet argent. *Vous ne l'emporterez pas avec vous* était la dernière pièce de l'année, et comme Alice était l'un des personnages principaux, Alison avait toutes les chances de remporter la bourse. Brenda avait essayé de décrocher ce rôle, elle aussi, mais elle avait été écartée. Selon M. Hoglan, leur professeur d'art dramatique, elle n'avait pas le « bon physique ».

Alice devait être jolie. Connaissant Brenda depuis l'enfance, Alison avait du mal à juger si son amie était plus séduisante qu'elle. Brenda avait certains atouts indiscutables : une silhouette mince et élancée, des cheveux blonds, des yeux verts et des traits anguleux qui allaient parfaitement avec son esprit acéré. Mais c'étaient ses qualités qui l'avaient perdue. Sa beauté était classique. Elle n'avait rien d'original.

Heureusement, elle n'était pas aussi timide que Fran. Elle était parfaitement à l'aise avec les garçons, Kipp Coughlan en particulier. Brenda savait chanter. Elle savait danser. Elle savait s'habiller. Et elle savait s'amuser. Tout allait bien pour elle.

S'il lui était difficile de juger le physique de Brenda, Alison était tout à fait incapable d'être objective sur le sien. Elle avait de longs cheveux noirs, bouclés, qui mettaient en valeur son teint clair. Sa petite poitrine lui avait donné des complexes autrefois, mais depuis le triomphe de Nastassja Kinski, elle s'en faisait moins pour ça. Quant à son visage, c'était une autre histoire. Elle ne ressemblait à personne, mais elle ne savait pas si c'était une qualité. Elle avait de grands yeux ronds, foncés, et une grande bouche. Quant au reste de ses traits, ils offraient un assemblage surprenant : un nez minuscule, une mâchoire carrée, un front bas et d'épais sourcils. La nature lui avait vraiment donné un visage hors du commun. Il arrivait assez souvent que des étrangers l'abordent pour lui dire qu'elle était belle.

— Je ferais aussi bien de l'ouvrir, dit Fran, comme si l'idée venait d'elle.

A l'aide du couteau à beurre, elle découpa soigneusement l'enveloppe et en sortit une feuille de papier vert pâle. Fran lut silencieusement la lettre, prenant son temps, la relut. Alison l'observait avec attention. Elle se demandait ce que contenait la missive pour que Fran ait pâli aussi brusquement.

— Qui est-ce ? finit par demander Brenda.

Fran ne répondit pas, mais elle reposa lentement la lettre, le regard perdu dans le vague. Alison se redressa brusquement et prit la feuille. Comme l'adresse, elle était soigneusement tapée à la machine. Elle la lut, Brenda penchée sur son épaule.

Ma chère amie,

Tu ne me connais pas, mais je te connais. Depuis ton premier souffle, je t'observe. Tes espoirs, tes craintes et les fautes que tu as commises, je sais tout de toi. Je suis l'Observateur, le Greffier. Je suis aussi le Bourreau. L'heure de ton châtiment est venue. Écoute bien; le sablier se vide inexorablement.

Au bas de cet avis, tu trouveras une liste de noms. Le tien est en haut. Il n'est attendu de toi, pour le moment, qu'un modeste témoignage d'obéissance. Une fois que tu auras rendu ce petit service, tu rayeras ton nom du haut de la colonne I pour l'inscrire au bas de la colonne II. Puis tu feras une copie de cette lettre et tu l'enverras à l'individu dont le nom figurera alors en tête de la colonne I. Les détails du service attendu de toi te seront donnés dans les petites annonces classées du Times, dans la rubrique « Personnel ». L'individu dont le nom suit le tien sur la liste devra recevoir sa lettre d'ici à cinq jours.

Tu peux parler sans contrainte de cette missive aux autres personnes de la liste. Comme moi, ce sont tes amis et ils sont au courant des fautes que tu as commises. Ne parle pas de cette lettre à qui que ce soit hors de cette bande. Si tu le fais, le crime que tu as commis cette nuit-là sera révélé au monde entier.

Si tu n'exécutes pas le petit service indiqué dans le journal ou si tu brises cette chaîne de messages, il t'arrivera malheur. Je t'aurai prévenue.

Bien sincèrement,

Ton Rédempteur.

Colonne I	Colonne II	Colonne III
Fran	-------	-------
Kipp	-------	-------
Brenda	-------	-------
Neil	-------	-------
Joan	-------	-------
Tony	-------	-------
Alison	-------	-------

Pendant une longue minute, aucune d'entre elles ne parla ni ne bougea. Puis Brenda prit la lettre pour la déchirer. Alison l'arrêta.

— C'est un fou qui a écrit ça ! protesta Brenda, furieuse.

— Attends une minute ; il ne faut pas agir à la légère, dit Alison. Passe-moi l'enveloppe.

Alison étudia le cachet de la poste et fronça les sourcils.

— Elle a été postée dans le coin.

— C'est peut-être une blague, avança Brenda. Peut-être un garçon du lycée ?

— Comment serait-il au courant de ce qui s'est passé cette nuit-là ? demanda Fran d'une voix brisée.

La simple allusion à cet incident avait suffi à changer radicalement l'atmosphère de la pièce. Comme si la peur s'était infiltrée insidieusement par les fenêtres. Brenda baissa la tête, Fran ferma les yeux. Alison avait du mal à respirer; chaque fois qu'elle repensait à ce qui était arrivé l'été précédent, elle étouffait. Y avait-il un lien entre cette lettre et ses récents cauchemars, ou s'agissait-il d'une simple coïncidence? Ils étaient sept, cette nuit-là. Les sept qui étaient inscrits sur la liste en bas de la lettre.

Alison se secoua. Ce n'était pas un cauchemar. Elle était éveillée, en pleine possession de ses moyens. Les yeux caves injectés de sang et la bouche grimaçante et sans vie n'étaient plus qu'un souvenir. Ils ne pouvaient pas l'atteindre dans le présent.

— Nous aurions dû aller trouver la police, pleurnicha Fran. Je voulais le faire, et Neil aussi.

— Ce n'est pas vrai, protesta Brenda. Tu n'as jamais parlé d'aller voir la police.

— Je voulais le faire, mais vous m'en avez tous empêchée. Nous l'avons tué. Nous aurions dû...

— Nous n'avons tué personne! explosa Brenda. Ne redis jamais ça. Tu m'entends, Fran? C'était un accident. Et, pour autant qu'on le sache, il était déjà mort.

— Non, sanglota Fran. Je suis sûre que c'est nous qui l'avons tué.

— Ferme-la!

— Mais la bosse sur le pare-chocs...

— Arrête!

— Calmez-vous, toutes les deux, intervint Alison. A quoi bon se disputer? Nous avons déjà eu cette discussion des dizaines de fois, l'été dernier. En fait, aucun de nous ne sait s'il est mort ou vivant...

Elle se figea, effrayée par ce qui venait de lui échapper, par l'idée qui lui était venue au moment où elle avait lu la lettre. Fran et Brenda la dévisageaient, attendant une explication.

— Que veux-tu dire? demanda Fran, les poings crispés.

— Rien, dit Alison.

— Tu veux dire que c'est lui qui a écrit la lettre, dit Fran en hochant la tête. C'est ça, j'en suis sûre. Il est revenu se venger. Il va...

— Arrête! hurla Brenda. Tu te rends compte de ce que tu dis? Les fantômes n'existent pas. Les vampires non plus. Tout ceci n'est qu'une plaisanterie, une plaisanterie de très, très mauvais goût.

— Alors pourquoi es-tu bouleversée à ce point? rétorqua Fran.

— C'est votre faute. Et je n'en dirai pas plus. Alison, donne-moi cette lettre. Je vais la jeter, et ensuite je rentre chez moi.

Alison se prit la tête entre les mains et se massa les tempes. Quelques minutes plus tôt, elles bavardaient joyeusement en mangeant des petits gâteaux. Et maintenant elles étaient à couteaux tirés, hantées par un revenant.

— Est-ce que vous pourriez me faire une faveur? Arrêtez donc de hurler et essayons de parler calmement. Ah, la la, j'ai une de ces migraines!

— Que veux-tu qu'on en dise? demanda Brenda en prenant un biscuit d'une main tremblante. Ce doit être Joan, Tony ou Neil. Ils auront envoyé cette lettre pour nous faire une blague.

— Tu n'as pas mentionné Kipp, constata Fran.

Kipp était le petit ami de Brenda.

— Kipp n'aurait jamais écrit quelque chose d'aussi ignoble, protesta Brenda, aussitôt sur la défensive.

— Parce que Neil ou Tony en seraient capables, eux? demanda Alison.

Tony faisait partie de l'équipe de football du lycée. C'était un garçon adorable, et malin par-dessus le marché. Elle en était folle. Il l'ignorait totalement. Kipp et Neil étaient ses meilleurs amis.

— Neil n'aurait jamais fait ça, c'est sûr, intervint Fran.

Fran était amoureuse de Neil et il semblait ne pas remarquer son existence. Le monde était vraiment mal fichu.

Alison approuva. Bien qu'elle ne lui ait pas parlé très souvent, Neil lui avait paru un garçon plein de finesse. En dehors de Fran, il avait été le seul à vouloir prévenir la police, l'été précédent.

— Ouais, approuva Brenda. Neil n'est pas du tout pervers.

— Et Tony? demanda Alison, à contrecœur.

Brenda secoua la tête.

— Quelle idée! C'est Joan qui a dû l'envoyer. Elle est complètement tarée.

Si Kipp était le cerveau de la bande, Tony le malin, Joan était l'hystérique. Malheureusement, elle était également la plus belle fille du lycée, et elle s'intéressait beaucoup à Tony. Joan savait qu'Alison était amoureuse de Tony. Les deux filles ne pouvaient pas se sentir. Ce fut néanmoins Alison qui la défendit.

— Joan est spéciale, mais elle n'est pas stupide. Elle sait parfaitement ce qui arriverait si ce qui s'est passé cette nuit-là venait à se savoir. Elle n'ose pas en parler à voix haute, alors elle le ferait encore moins par écrit. Il ne reste qu'une seule possibilité, ajouta-t-elle, l'un de nous sept a divulgué à une personne étrangère au drame — volontairement ou involontairement — les événements de ce soir-là, et c'est cette personne qui s'attaque à nous.

— Ça se pourrait, admit Brenda. C'est plus plausible que l'histoire du cadavre qui revient se venger, ajouta-t-elle en regardant Fran.

— Je n'ai jamais dit ça !

— Si, tu l'as dit !

— Allons, fit Alison, à bout de nerfs. Est-ce que tu aurais le *Times* d'aujourd'hui, Fran ?

— Tu ne penses tout de même pas que l'annonce est déjà parue ? s'inquiéta aussitôt celle-ci.

— On ferait mieux de regarder tout de suite, au lieu de se poser des questions, dit Alison. Tu as le journal ?

— On le reçoit tous les matins, bégaya Fran en se levant lentement. Je vais aller voir au salon.

Fran revint avec le quotidien. Une minute plus tard, elles contemplaient toutes les trois une bien étrange annonce :

Fran, remplace la tête de la mascotte sur le gymnase de l'école par une tête de chèvre. Peins-la en rouge et blanc.

— Qui peut en vouloir à Teddy, notre mascotte ? demanda Brenda.

L'emblème de leur lycée était un koala que Fran avait eu l'honneur de peindre sur le mur du gymnase. Pourtant, elle semblait prête à sacrifier Teddy pour éviter les représailles promises dans la lettre, ce qui était, somme toute, assez compréhensible.

— Il va falloir que je fasse ça de nuit, marmonna-t-elle. Il me faudra une échelle et une lampe. Ali, sais-tu à quelle heure les gardiens rentrent chez eux ?

— Tu ne parles pas sérieusement ? s'enquit Brenda en levant les yeux au ciel.

— Mais Kipp doit recevoir sa lettre d'ici cinq jours, gémit Fran. Il me faut donc peindre la tête de chèvre et rayer mon nom d'ici mardi. Tu m'aideras, Ali ? demanda-t-elle en saisissant la main de son amie.

— Quel malade a bien pu écrire ça ? s'étonna Alison. Le ton est celui d'un psychopathe qui se prend pour un dieu. Si c'est vraiment un fou, il peut être dangereux. C'est maintenant qu'il faudrait aller trouver la police... Si seulement nous pouvions le faire ! Que disais-tu, Fran ? Oh, oui, bien sûr que je vais t'aider. Mais pas pour peindre la tête de chèvre. On doit en parler aux autres. Nous déciderons ensuite de ce qu'il faut faire. Qui sait, il y en a peut-être un qui va éclater de rire et nous avouer que tout ceci n'était qu'une blague, finalement.

— Je suis prête à le parier, dit Brenda en hochant la tête d'un air assuré, puis elle se versa un autre verre de lait et ouvrit un nouveau paquet de biscuits.

— Je l'espère, dit Fran en se tamponnant les yeux.

— Moi aussi, murmura Alison, en prenant l'enveloppe violette et la feuille vert pâle.

« Il n'est attendu de toi, pour le moment, qu'un modeste témoignage d'obéissance ». Cette phrase la tracassait. Faire peindre la tête d'une chèvre à la place de la mascotte de l'école n'était pas une grande exigence. Certains pouvaient même trouver ça drôle. Peut-être que toutes les instructions seraient de cet ordre. Mais elle en doutait...

2

— Rien ne paraît avoir changé, Kipp, dit Tony Hunt.

Il se tenait debout devant la fenêtre de sa chambre, au premier étage, et regardait le soleil se coucher. Dans la rue, des enfants jouaient au ballon, d'autres faisaient du skate-board ou du vélo. Une scène tranquille, typique de la banlieue de Los Angeles. Pourtant, pour Tony, c'était comme s'il contemplait une ville en attendant la chute d'une bombe. Les maisons, les arbres et les enfants étaient comme avant, mais il les voyait à travers un verre déformant. Il avait déjà éprouvé cette impression, l'été précédent pour être précis, ce désir irrépressible de remonter le temps. Cette chaîne de l'amitié n'était peut-être qu'une plaisanterie, mais en ce cas, c'était une plaisanterie de mauvais goût.

— Nous n'aurons pas une aussi belle vue de derrière les barreaux de notre cellule, ça c'est certain, dit Kipp Coughlan, assis sur le lit.

— Je vais dire à mon avocat qu'il est hors de question que j'aille dans une prison sans balcons, dit Tony.

Il se retourna et balaya la pièce du regard. Il ne s'était guère mis en frais pour la décoration, en dehors du poster de Nastassja Kinski avec son serpent qui était accroché au mur, au pied de son lit.

— Nous ne sommes pas très gais, constata-t-il.

— Y a pas de quoi. Alison a-t-elle réussi à joindre Joan?

— Pas encore. Joan est partie avec ses parents à Tahoe. Elle n'est pas venue en cours aujourd'hui. Mais elle devrait bientôt rentrer.

— Elle va flipper quand on va lui parler de la lettre, dit Kipp.

Tony pensa à Joan, à son visage d'ange et à ses airs de vamp.

— Tu m'étonnes!

— Neil doit bientôt arriver?

Tony hocha la tête et alla s'asseoir sur une chaise en face de son lit. Il posa ses pieds nus sur la caisse en noyer dans laquelle il rangeait ses médailles d'athlétisme et ses coupes. Qu'il stocke ses trophées à l'abri des regards rendait sa mère folle. Il se plaisait à croire que ce serait indigne de lui d'en faire étalage. Alors, pourquoi se donnait-il tant de mal pour les obtenir? Pour être honnête avec lui-même, il devait admettre qu'une bonne partie de son image de marque venait de ses succès sportifs. Grant High, son lycée, avait gagné le championnat de la ligue de football, grâce à lui l'automne précédent. Maintenant, il courait le 400 mètres et le 800 mètres et il mènerait son équipe en championnat une fois de plus. Mais il n'aimait pas ses coéquipiers. Ils ne parlaient que de sport et méprisaient les autres élèves. C'était une des raisons pour lesquelles il se sentait bien avec Kipp et Neil. Ils ne savaient pas shooter dans un ballon, mais ils étaient sympas.

— Neil a appelé juste avant ton arrivée, dit Tony. Il sera là d'une minute à l'autre.

— Connaît-il l'existence du Rédempteur ?

— Ouais. Alison lui a téléphoné pour le mettre au courant.

Kipp sourit, ce qui à chaque fois lui donnait un air étrange. Il avait un nez de clown, des oreilles de lapin, et des cheveux blonds qui avaient la fâcheuse manie de se dresser sur sa tête. L'ensemble lui donnait un air de guignol, que démentait aussitôt son regard sombre et intense. Même lorsqu'il riait, ce qui arrivait souvent, on avait l'impression qu'il réfléchissait. Kipp était un crack. Il avait une excellente moyenne et devait entrer à l'automne au M.I.T., le Massachusetts Institute of Technology, pour y faire des études d'ingénieur en aéronautique. Tony et lui étaient amis depuis peu. Ils n'avaient dépassé le stade des « Ça va ? Ça va » que depuis l'incident de l'été précédent. Rien de tel que de grandes émotions pour rapprocher les gens.

— Pourquoi n'as-tu pas invité Alison à se joindre à nous ? demanda Kipp. Elle voulait venir.

— Ah bon ?

— C'est Brenda qui me l'a dit. Et Brenda n'a pas l'habitude de mentir.

— A propos, comment se fait-il qu'elle ne soit pas venue ?

— Elle prétend qu'elle n'a pas peur, mais j'ai des doutes. J'ai voulu nous épargner ses commentaires hystériques.

— Selon Alison, Fran semblerait être la plus perturbée.

— Tu la connais, c'est une inquiète. Elle n'a même pas voulu confier la lettre à Brenda pour qu'on la voie.

Kipp se pencha pour tirer de sa poche arrière une feuille de cahier pliée en quatre.

— Brenda l'a recopiée mot à mot. Tu veux la lire ?

— Alison me l'a lue deux fois au téléphone. Donne-la à Neil et détruis-la après. Je n'ai pas envie que des copies de cette saloperie traînent dans tous les coins.

Kipp acquiesça.

— Mais tu ne m'as pas répondu. Pourquoi n'as-tu pas invité Alison ? insista-t-il.

Tony haussa les épaules.

— Pour le moment, que sait-elle de plus que nous ?

— Ce n'est pas parce que tu lui plais qu'elle doit te faire peur, ricana Kipp. Écoute, mets tes complexes dans ta poche. Tu es bâti comme un roc, tu as des cheveux blonds comme les blés, et des yeux du bleu de notre drapeau. Tu es l'Américain idéal.

— Comment sais-tu que je lui... Ah, oui ; parce que Brenda te l'a dit et qu'elle ne ment jamais.

Tony gratta son crâne d'Américain idéal et essaya de prendre un air indifférent. En fait, il se sentait à la fois ravi et ennuyé chaque fois qu'on faisait allusion à l'intérêt qu'Alison lui portait. Ravi parce qu'elle lui plaisait, et ennuyé parce qu'elle était fascinée par un Tony qui n'existait pas : un garçon qui agissait toujours efficacement, juste au bon moment. Si elle venait à découvrir le véritable Tony Hunt, ce ballot superficiel et peu sûr de lui, elle serait très déçue. Et puis, Neil aussi avait un faible pour Alison, et Tony mettait un point d'honneur à ne jamais marcher sur les plates-bandes de ses copains. Neil avait d'ailleurs invité Alison deux semaines plus tôt. Mais elle avait refusé, à cause des répétitions de la pièce.

— Ce n'est pas le moment de tomber amoureux, ajouta rêveusement Tony.

En jetant un coup d'œil par la fenêtre, il aperçut Neil Hurly qui contournait le terrain de football en claudiquant ; il avait mal à un genou. Ses cheveux bruns, hirsutes, flottaient sur le vieux blouson de cuir noir qu'il portait par tous les temps. Il y avait quatre ans que Neil avait quitté le fin fond de l'Arkansas, mais il parlait toujours avec un accent si traînant qu'on risquait de s'endormir en l'écoutant. Ils s'étaient connus dès leur première semaine au lycée. C'était Tony qui avait engagé la conversation. Neil était très timide. Tony avait tout de suite discerné ce qui lui plaisait chez lui : sa franchise et sa sensibilité.

— Monte directement, mes parents ne sont pas là ! cria Tony.

Neil lui fit un signe de la main et disparut sous l'auvent du garage. Une minute plus tard, il ouvrait la porte de la chambre.

— Salut, Tony, salut, Kipp, dit-il avec un grand sourire.

Plutôt petit et très maigre, avec des traits aussi doux que sa personnalité, il n'avait rien de remarquable. Mais ses yeux, vert clair et chaleureux, et son sourire, innocent et gentil, lui donnaient un charme fou. Il aurait suffi d'une bonne coupe de cheveux et d'une nouvelle tenue pour le mettre en valeur.

— Assieds-toi, dit Tony en faisant un signe de tête en direction du tabouret qui se trouvait dans le coin. Kipp, donne-lui la copie de la lettre.

— Merci, dit Neil en prenant la feuille de cahier que lui tendait Kipp.

Tony étudia son visage tandis qu'il lisait les ordres du Rédempteur. Neil n'était pas aussi brillant que Kipp mais il avait un excellent jugement auquel Tony se fiait. Il fut déçu que son ami ne repousse pas la lettre en riant.

— Eh bien? s'impatienta Kipp.

Neil replia soigneusement la feuille et la rendit à Kipp. Son teint pâle paraissait blafard.

— La personne qui a écrit ça est sérieusement dérangée, dit-il.

Tony se força à sourire.

— Allons, c'est une farce, non?

— Non, répondit prudemment Neil. Ça a l'air... sérieux.

Tony prit une profonde inspiration et se tourna vers Kipp.

— Toi, le scientifique, donne-nous un avis logique.

Kipp se leva (peut-être pour soigner ses effets — il adorait qu'on l'écoute) et se mit à arpenter la pièce. Presque aussi grand que Tony, mais avec quinze kilos de moins, et d'une gaucherie déconcertante, il avait tout d'une girafe.

— Je ne suis pas d'accord avec Neil. Je pense qu'il s'agit d'une blague. C'est l'explication la plus simple. Une des filles, rongée de remords, a dû aller raconter l'accident à une amie, qui à son tour l'a répété. Et l'information est tombée dans l'oreille de quelqu'un au sens de l'humour plutôt corrosif.

— Alison a été catégorique; aucune d'entre elles n'a parlé de l'accident à qui que ce soit en dehors de notre bande, dit Tony. A moins que ce ne soit Joan la coupable, mais j'en doute fort.

— De toute façon, elles ne vont pas s'en vanter, reprit Kipp. On ne peut pas faire confiance aux filles, et je mets Brenda dans le même panier. A moins que ça ne leur ait échappé involontairement...

— Est-ce que l'un de vous deux a jamais parlé de cet incident dans un lieu public? demanda Tony.

— Tu plaisantes! répondit Kipp.

— Je n'oserais jamais, dit Neil en jetant des regards inquiets vers la porte fermée. Je ne me sens déjà pas rassuré d'en parler en ce moment.

— Je sais ce que c'est, dit Tony. Et je suis sûr que c'est la même chose pour les filles. Je ne pense pas qu'elles en aient parlé entre elles dans un endroit où on risquait de les entendre.

— Je poursuis donc mon raisonnement. Supposons que l'une d'entre elles ait éprouvé le besoin de se confesser auprès d'une personne étrangère à notre drame.

— Pourquoi veux-tu absolument rejeter la faute sur les filles? dit Tony. A qui penses-tu?

— Fran, répondit Kipp sans hésiter. C'est une anxieuse, elle parle sans réfléchir. Elle a pu le dire à n'importe qui. On devrait la coincer pour essayer de lui extorquer la vérité.

— Mais même si elle avoue s'être confiée à quelqu'un, répliqua Tony, cette personne n'est pas forcément l'auteur de la lettre. Tu l'as dit toi-même, l'information a pu filtrer.

— Espérons qu'elle n'est pas allée trop loin, dit Kipp.

— Et que ferons-nous si le Rédempteur ne plaisante pas? demanda Tony.

Il n'attendait pas de réponse à sa question, et n'en obtint aucune. Une minute s'écoula, en silence, durant laquelle Tony pensa à ses parents si la vérité venait à se savoir. Il était le plus coupable. C'était certainement ce que dirait le juge. Il irait en prison. Terminées, les études! Quant à sa réputation et à son avenir, ils seraient irrémédiablement fichus. C'est pourquoi leur tragédie devait absolument rester secrète.

— Nous allons demander à Brenda et à Alison d'interroger Fran. Cela dit, je ne crois pas qu'il faille espérer des aveux. Nous ferions mieux d'envisager d'autres hypothèses. Qu'en dis-tu, Neil?

Neil parut surpris, comme si, perdu dans ses propres pensées, il n'avait pas suivi la conversation. Il se tortilla sur son tabouret.

— Je crois que le Rédempteur est l'un d'entre nous, fit-il d'une voix hésitante.

— Tu veux dire que quelqu'un de notre bande nous fait une blague? demanda Kipp.

— Pas exactement.

— Je ne comprends pas, déclara Tony.

— L'un d'entre nous veut peut-être du mal à un autre membre de la bande, dit Neil. Ou peut-être à tout le monde.

— C'est ridicule, rétorqua Kipp. Pour quelle raison? Il aura de gros ennuis si la vérité se sait.

Neil tendit la main pour indiquer qu'il voulait à nouveau jeter un coup d'œil sur la lettre. Kipp s'empressa de le satisfaire. Neil la relut au moins deux fois avant de reprendre la parole.

— D'après la formulation, la structure de la lettre, le Rédempteur semble vouloir dissocier la révélation de l'accident de la façon dont il compte se venger de nous. Il peut nous faire du mal sans parler de l'homme à qui que ce soit.

— Comment ? demanda Tony.

Neil haussa les épaules.

— Il y a mille et une manières de faire du mal à quelqu'un si on le veut vraiment.

— Mais qui, dans notre bande, pourrait avoir une raison de le faire ? rétorqua Kipp, qui semblait douter de cette éventualité.

Neil sourit tristement.

— Les cinglés n'ont pas besoin de raisons.

— Ce n'est pas logique, dit Kipp. Aucun d'entre nous ne correspond à ce profil psychologique. Maintenant...

— Une seconde, le coupa Tony. Cette théorie simplifie les choses d'une certaine manière. Nous n'avons plus à chercher comment un étranger aurait pu être au courant de notre histoire. Qui cela pourrait-il être à ton avis, Neil ?

— J'en sais rien.

Kipp voulut parler puis il changea d'avis. Un nouveau silence s'ensuivit. Par bien des côtés, la suggestion de Neil était plus inquiétante que tout : c'était encore pire d'être poignardé dans le dos par un ami. Pourtant, il avait beau faire, Tony n'arrivait pas à imaginer que l'un d'entre eux ait pu écrire cette lettre. Il est vrai qu'il connaissait à peine Alison et Fran. Pas plus que Joan et Brenda, d'ailleurs. Il lui fallait plus de renseignements, et il se demandait comment il pourrait les obtenir. Il se demandait aussi pourquoi Kipp repoussait l'idée de Neil avec tant de force.

Le soleil se coucha derrière l'horizon artificiel que le brouillard tendait sur la ville. La lueur orange qui baignait le visage de Tony s'évanouit. Il était en sueur et pourtant il frissonna. La journée allait bientôt se terminer, et ils n'avaient toujours pas la moindre idée de ce qu'ils allaient faire le lendemain.

— Fran a peur, dit-il. Si elle nie avoir vendu la mèche, qu'elle repeigne la mascotte demain soir et qu'elle fasse passer la lettre. Cela nous laissera le temps de trouver des indices. Ça ne t'ennuie pas si le Rédempteur est après toi, n'est-ce pas, Kipp ?

— Non, tant qu'il ne se venge pas de moi en allant raconter ce qui s'est passé l'été dernier.

Kipp prit la lettre et la relut soigneusement.

— Hum, oui, on dirait que les mots « *il t'arrivera malheur* » s'adressent à chacun de nous, alors que le paragraphe précédent vise à nous garder tous unis et à nous empêcher d'aller chercher du secours à l'extérieur.

— C'est comme si nous étions dans une maison hantée et que nous ne pouvions pas la quitter, dit Neil.

« Une maison hantée que nous aurions peur de quitter », pensa Tony. Ils pouvaient mettre fin à leur tourment immédiatement en allant trouver la police. Mais le mal dont on les menaçait semblait préférable au désastre encouru.

Le téléphone se mit à sonner. Ils sursautèrent tous les trois. Bigre, ils faisaient de bien piètres héros! Tony se pencha pour décrocher.

— Allô!

— Qu'est-ce que c'est que ces salades? demanda Joan de sa voix rauque.

En dépit de la situation, Tony ne put s'empêcher de sourire. Dans tous les lycées, il y avait une Joan Zuchlensky. Pour elle, le monde se divisait en cons, en frimeurs et en pauvres types. Elle était d'une grossièreté époustouflante. Mais son visage d'ange faisait oublier la rudesse de sa personnalité, aux garçons en tout cas. Elle avait les yeux gris, des lèvres charnues et sensuelles et elle affichait une coiffure blond platine qui était un véritable chef-d'œuvre de l'art punk.

— Je vois que tu as appris la nouvelle, dit Tony.

— Ouais, Brenda m'a tout raconté. (Elle marqua une pause.) Qu'est-ce qu'on va faire? reprit-elle d'une voix plus grave, avec une certaine inquiétude dans le ton.

— Fran va repeindre la mascotte, et nous verrons ensuite si le couperet tombe sur Kipp.

— On devrait lui régler son compte à ce type, non?

— Quand on saura qui c'est, on n'y manquera pas.

— Le principal, c'est que notre histoire reste secrète. Tu sais que mon père est flic. Je te jure qu'il me fera coffrer, si jamais il découvre la vérité.

— Nous n'aurons qu'à la nier, dit Tony.

Ce n'était pas si simple que ça. Si la police les interrogeait, on devinerait tout de suite qu'ils étaient coupables, surtout Fran et Neil. Et le Rédempteur savait peut-être où ils avaient enterré le corps.

Joan éclata de rire.

— Et moi qui trouvais ces dernières semaines de cours si barbantes! On va pas s'ennuyer maintenant. Bon, je dois y aller. On en reparle demain au déjeuner. Et puis on pourrait se revoir un de ces quatre, hein? demanda-t-elle sur un ton coquin.

21

— Bien sûr.

Ils se dirent au revoir, et Tony se retourna vers ses compagnons. Kipp mettait la copie de la lettre en charpie. Neil se massait la jambe droite, juste sous le genou. Il s'était fait mal en cours d'éducation physique, deux mois plus tôt, et il devait se faire opérer. Neil avait de gros problèmes de santé. On lui avait récemment diagnostiqué un diabète. Il devait se faire quotidiennement des piqûres d'insuline et surveiller scrupuleusement son régime.

— Quand vas-tu faire soigner cette articulation ? demanda Tony.

Neil retira vivement sa main de l'endroit douloureux.

— Ma mère et moi mettons de l'argent de côté pour payer les honoraires du médecin. Nous allons bientôt y arriver.

Le père de Neil était mort quand il avait trois ans, et sa mère ne s'était jamais remariée. Elle cumulait deux emplois de serveuse : au Denny's Coffee Shop, à midi, et au restaurant du Hilton, le soir. Neil faisait de longues heures dans une station-service ouverte vingt-quatre heures sur vingt-quatre. Ils avaient visiblement du mal à joindre les deux bouts. Tony avait deux mille dollars à la banque mais il savait que c'était inutile de les proposer à Neil, qui se montrait d'une susceptibilité excessive dans ce domaine.

— Si ton corps continue à se déglinguer comme ça, on pourra bientôt prendre tes mesures pour une boîte en sapin, dit Kipp en plaisantant.

Tony aurait préféré qu'il se taise. L'humour de Kipp n'était pas toujours du meilleur goût. Parfois il avait l'air de quelqu'un...

De quelqu'un capable d'écrire cette lettre tordue ?

— C'est vrai, répondit Neil, sans se vexer. J'ai tellement de problèmes en ce moment... (Ses yeux s'attardèrent sur les lambeaux de lettre...) Il m'arrive même de me demander si on ne m'aurait pas jeté un sort.

À l'inverse de Kipp, qui avait les pieds sur terre, Neil était superstitieux. Kipp le charriait souvent à ce sujet et il eut la mauvaise idée de le faire à ce moment-là.

— Un fantôme en veste de sport marron, peut-être ?

— Kipp ! s'exclama Tony, horrifié.

L'homme portait une veste marron.

— C'est possible, dit doucement Neil, le regard sombre. Pas le type de fantôme dont tu parles, mais une autre sorte.

22

Kipp se mit à ricaner.

— Qu'est-ce que tu veux dire ?

— Oh ! On oublie ça, d'accord ? C'est idiot et ça ne nous mène nulle part, intervint Tony en se levant pour aller vers la fenêtre.

Les enfants avaient disparu. La rue était calme. Ses parents allaient bientôt rentrer, et il voulait que ses copains partent avant. La nuit tombait.

— J'ai lu dans le journal, continua Neil comme s'il ne l'avait pas entendu, que des gens dont le cœur s'est arrêté de battre se relèvent tout à coup, quelques heures plus tard. C'est paraît-il assez fréquent. Et parfois, ces gens décrivent les choses étranges qu'ils ont vues et les lieux bizarres où ils sont allés pendant leur mort. Ça paraît beau et sympa le plus souvent. Mais j'ai lu un truc sur un type qui avait voulu se suicider, et lui, il décrivait un endroit qui était un véritable enfer. Ça m'a rendu malade rien que de le lire. Enfin, ces gens qui meurent et qui reviennent développent parfois certains pouvoirs. Il y en a qui peuvent guérir, d'autres qui lisent dans les esprits ou qui font de la transmission de pensée. Cela dépendrait de la façon dont ils sont morts, s'ils ont eu peur ou non.

« Y a-t-il une mort plus horrible que se faire enterrer vivant ? » se demanda Tony. Edgar Poe avait été obsédé toute sa vie par cette idée, et c'était un passionné d'épouvante. C'était à cela que Neil faisait allusion, c'était évident.

Et la tombe qu'ils avaient creusée était peu profonde.

Au point qu'il aurait pu s'en échapper ? Peut-être...

Il fallait qu'il arrête tout de suite de délirer. Ils avaient vérifié et revérifié. Pas de pouls, pas de souffle, rien. Il était mort, incontestablement.

— Et qu'as-tu encore appris ? demanda Kipp d'un ton sarcastique.

Neil ne répondit pas et baissa les yeux vers le sol. Tony posa une main sur son épaule. Neil releva la tête, ses yeux verts brillaient.

— La personne qui a envoyé cette lettre est bien vivante, dit Tony d'un ton catégorique. Il s'agit peut-être, comme tu l'as suggéré, de l'un d'entre nous. Mais une chose est sûre, ça ne vient pas d'un zombie doué de télépathie et capable de nous donner le diabète à distance ou de nous forcer à nous livrer à la police.

Neil hocha la tête et sourit faiblement.

— Tu as raison, Tony. J'ai un peu peur, tu sais.

Tony lui serra le bras.

— Comme nous tous. Kipp aussi, d'ailleurs, même s'il est le dernier à le reconnaître.

— Les juges et les jurés m'effraient plus que les sorcières et les loups-garous, grommela Kipp.

La discussion se termina sur cette note pragmatique. Tony les raccompagna jusqu'à l'entrée.

— Tout ira bien tant que nous nous serrerons les coudes, affirma-t-il avant de les quitter.

Tony craignait d'avoir du mal à trouver le sommeil ce soir-là mais, tandis qu'il remontait l'escalier pour regagner sa chambre, il se sentit soudain épuisé. Il se laissa tomber sur son lit tout habillé, sa fenêtre grande ouverte. Sager, leur entraîneur, leur avait mené la vie dure cet après-midi, mais Tony savait que c'était le combat contre ce Rédempteur inconnu qui l'avait éreinté. Une bonne nuit de sommeil lui suffirait pour retrouver ses esprits.

Quelques minutes plus tard, il s'était assoupi. Malheureusement, il fut aussitôt assailli de cauchemars et son sommeil fut loin d'être reposant. Une ombre plana sur lui toute la nuit. On lui avait confié une tâche impossible. Il était dans une campagne déserte et, à mains nues, il creusait une tombe qui ne pourrait jamais être assez profonde.

3

L'été précédent

Le concert des Beach Boys avait été génial. La foule se dispersait, mais Tony et ses copains avaient toujours du mal à avancer. Il n'y avait aucun éclairage sur le parking et là, dans la vallée, on ne distinguait même pas les lueurs de Los Angeles. On se serait cru dans une caverne, au milieu d'un troupeau. Il trébucha et faillit écraser les pieds de Joan qui lui donnait la main. Tony avait l'impression d'être ivre, alors qu'il n'avait rien bu.

— Qu'est-ce que tu dis ? hurla-t-il en direction de Joan.

— J'ai rien dit du tout ! cria-t-elle en se serrant plus fort contre lui.

Elle portait un pantalon blanc hypermoulant, un chemisier orange étriqué, et ses cheveux partaient dans tous les sens.

— C'est moi qui parlais, rit Kipp qui s'accrochait à Brenda.

— Où ai-je bien pu garer cette foutue voiture ?

— La voilà ! s'esclaffa Brenda, en faisant un geste tellement vague qu'il pouvait désigner la moitié du parking.

— C'est une Maverick que je conduis, pas une Volkswagen ! cria Kipp. Hé, Neil, tu te souviens où je l'ai garée ?

Neil n'avait pas de cavalière mais il était venu parce qu'il adorait la musique des Beach Boys. Il répondit à Kipp, mais sa voix se perdit dans la foule.

— Parle plus fort ! hurla Kipp.

Neil leur fit signe de le suivre. Tony lui emboîta docilement le pas, se cognant aussi souvent que possible à Joan, qui marchait à côté de lui. Elle riait et jurait comme un charretier tout en bousculant les gens et en slalomant entre les voitures. Le labyrinthe semblait interminable. Neil finit par s'arrêter et, à la stupéfaction générale, ils se retrouvèrent devant la voiture qui faisait le bonheur et la fierté de Kipp : une Maverick 77 au moteur gonflé.

Kipp s'était garé au fond du parking en espérant sortir de ce côté-là. Malheureusement, les sorties se trouvaient toutes à l'autre bout. Le concert les avait tous excités, et voilà qu'ils avançaient comme des escargots. Pour passer le temps, Kipp et Brenda prirent quelques bières. Joan en bu une ou deux elle aussi. Elle en passa une à Tony, qui se laissa lui aussi tenter : l'alcool semblait atténuer le tintement dans sa tête. Neil piqua à son tour une canette à Brenda, et la sirota lentement.

Ils allaient enfin déboucher dans la rue, lorsqu'on frappa à la fenêtre.

— Alison ! s'exclama Brenda lorsque Kipp baissa sa vitre. Waouh ! C'est trop drôle de se retrouver ici !

— Brenda, ça n'a rien d'étonnant ; on a acheté les billets ensemble pour ce concert ! dit Alison en passant la tête par la fenêtre.

Ses cheveux bruns et bouclés étaient retenus en arrière par une barrette et elle avait du cambouis plein les doigts. Contrairement à son habitude, elle avait l'air exaspérée. Tony était assis à l'arrière et, pour des raisons connues uniquement de son subconscient, il retira aussitôt sa main du genou de Joan.

— Salut, Neil, salut, Joan, dit Alison. Le concert t'a plu, Tony ?

— La musique n'était pas assez forte, dit-il en faisant une grimace.

— Tu as des problèmes de voiture ? demanda Neil.

Celle qui les précédait avança et, s'ils n'avançaient pas à leur tour, ils allaient avoir droit à un concert de klaxons. Alison leva ses mains pleines de graisse.

— Oui. Fran et moi, on a vidé la batterie. Ma voiture n'a pas voulu démarrer. Vous pourriez...

— Appelle une dépanneuse, la coupa Joan. Il faut que je rentre de bonne heure, sinon mon père va m'attendre sur le perron avec un fusil. Allez, Kipp, avance, ajouta-t-elle, lorsque le véhicule derrière eux klaxonna.

— Mets-toi sur la gauche, dit Tony.

Joan lui jeta un regard mauvais.

— Bien sûr, dit Kipp.

Alison se recula, et il sortit de la file de voitures. Avec la longue procession de phares qu'il y avait derrière eux, ils n'étaient pas près de pouvoir se remettre dans la queue.

Fran avait une Toyota Corolla, et Kipp manifesta aussitôt son mépris pour les automobiles japonaises. Pendant qu'il essayait de brancher la voiture sur sa batterie, Tony vérifia les branchements des câbles et Neil contrôla l'essence dans le réservoir. Tout semblait en ordre. Pourtant, lorsque Kipp voulut démarrer, il n'y eut pas le moindre cliquetis. Ils surent aussitôt à quoi s'en tenir.

— Appelle une dépanneuse, répéta Joan lorsqu'ils se consultèrent brièvement pour savoir ce qu'il convenait de faire. Tu as une assurance, non ?

— Je ne sais pas si je suis assurée pour ça.

— J'ai repéré un téléphone, dit Alison. Je pense...

— Non, la coupa Tony. Il va leur falloir des heures pour venir, avec cette circulation. Nous sommes au bout du monde. Et ça ne serait pas prudent de vous laisser attendre seules ici. Vous allez rentrer avec nous.

— Mais mon père va devoir faire tout ce chemin demain pour venir la réparer, gémit Fran.

— Il ne t'en voudra pas de ce contretemps lorsqu'il saura que nous l'avons fait pour ta sécurité, la rassura doucement Tony.

— Il n'y a pas la place pour sept personnes dans la voiture de Kipp, protesta Joan.

— Pas de problème, répondit Kipp. Tu n'as qu'à t'asseoir sur mes genoux.

Brenda lui donna une bourrade.

— Joan, reprit Tony, une pointe d'irritation dans la voix, aucun garagiste ne se déplacera ce soir. C'est tout vu. Maintenant, il ne nous reste plus qu'à nous remettre dans la queue. Et toi, Kipp, donne-moi tes clés, tu as trop bu.

— Si j'étais ivre, grommela Kipp, indigné, je m'en serais aperçu, non ?

Mais il lui tendit les clés.

Deux heures s'étaient écoulées, et ils étaient perdus. Il n'y avait plus d'embouteillage, c'était déjà ça. Ils n'avaient pas vu une seule voiture depuis vingt minutes. Tony était sûr d'avoir pris l'autoroute en direction de Los Angeles, vers l'ouest, mais il ne savait pas où ni comment il avait pu la quitter ; les panneaux n'étaient pas tous allumés dans cette région perdue. Quant aux raccourcis qu'Alison avait voulu lui faire emprunter pour rejoindre la bonne autoroute, c'était carrément une erreur. Elle était assise à l'arrière, tenant une lampe de poche au-dessus d'une carte défraîchie, et continuait à lui dire de tourner par ici ou par là. Il avait hâte de croiser une station-service, ou bien une maison. Mais la plaine semblait s'étendre à l'infini. On se serait cru perdu au fin fond du désert australien.

Mais ils riaient quand même. Ils avaient plein d'essence, l'ambiance était excellente, la bière était bonne, et Tony ne s'inquiétait plus de savoir si l'alcool pouvait réduire ses réflexes. Il n'avait bu que quelques canettes, il savait ce qu'il faisait, et dès qu'il saurait dans quelle direction aller, tout irait bien. L'humeur de Joan était au beau fixe : elle s'était souvenue que son père était parti à la pêche, et elle riait. Fran, aussi, était très gaie. Quant à Kipp, il s'était mis à évoquer ses prétendus souvenirs, ce qui était toujours délirant. Personne ne savait mentir avec autant de flegme.

— Tony, et si je leur racontais la fois où nous nous sommes introduits chez Sager, l'entraîneur, pour voler l'évier de la cuisine et que nous avons surpris une bien étrange conversation ?

— Raconte-leur toute l'histoire, approuva Tony.

Inutile de préciser qu'ils ne savaient même pas où habitait leur entraîneur de football et d'athlétisme...

Ils allaient croiser une route plus étroite, orientée nord-sud. Comme ils ne voyaient aucune montagne, Tony en déduisit qu'ils s'étaient aventurés trop au sud.

— Je crois que je devrais prendre à droite, Ali. Qu'en penses-tu ?

— Tu vois un panneau ? demanda-t-elle, apparemment perdue.

— Non, rien.

— On peut essayer, dit-elle. On doit se trouver un peu trop à l'est.

— Mais cette route part vers le nord.

Tony cligna des yeux. Ou les freins mettaient du temps à répondre, ou la route arrivait bizarrement vite. Il dut enfoncer brutalement la pédale au dernier moment pour tourner. Il y eut un crissement de pneus, et du gravier ricocha sous la voiture. Il mit pleins phares et se frotta les yeux. La nuit lui paraissait soudain plus sombre.

— C'était un samedi soir, commença Kipp. On pensait que l'entraîneur était sorti pour la soirée, vous voyez, et on voulait démonter l'évier de la cuisine et le mettre dans le grenier pour qu'il dise aux flics : « Ils n'ont rien emporté, sauf l'évier de la cuisine ! »

Kipp éclata de rire à cette idée, et les autres l'imitèrent.

Ils roulèrent sur une bosse, et la tête de Tony heurta le plafond. La route était accidentée, mais droite comme une flèche. On aurait dit qu'elle traversait l'État d'un bout à l'autre. Il accéléra.

— Au début, il n'était pas là, continua Kipp. On avait presque fini de dévisser le dernier boulon et on n'avait pas fait une seule rayure à son foutu évier. Et tout à coup, on a entendu la porte du garage s'ouvrir. Nous n'avons pas paniqué, nous sommes restés cool. Nous sommes allés en courant nous cacher dans le salon, derrière le canapé. On aurait pu se sauver par la porte de derrière — c'était par là qu'on était entrés —, mais on a compris qu'il allait y avoir du spectacle quand on a reconnu la voix de la fille qui l'accompagnait.

28

— Oh, arrête ton char! marmonna Joan.

— C'est vrai! C'est vrai! On arrive au meilleur. On était donc cachés derrière le canapé — heureusement pour nous la pièce était à peine éclairée —, lorsque la fille s'est jetée à ses pieds en lui disant qu'elle était folle de lui! Je peux te dire que j'ai failli éclater de rire. Surtout quand j'ai vu le petit magnétophone posé sur une table basse à quelques centimètres de moi. Quand j'ai enfoncé le bouton d'enregistrement, j'ai senti que j'œuvrais pour la postérité.

— Mais qui était-ce? s'écria Fran.

La bande blanche centrale disparut de la chaussée. Cela contraria Tony au début, mais il se dit que maintenant la route était tout à lui. C'était agréable de ne pas avoir à s'arrêter aux feux ni pour les piétons. Il devait seulement faire attention aux grosses boules d'herbes sèches arrachées par le vent, qui n'arrêtaient pas de traverser la route devant lui. Il lui fallait parfois donner un coup de volant pour les éviter. Le vent s'était levé, et la poussière devenait gênante; elle noyait la lumière des phares tel un épais brouillard. Mais ni les herbes ni la poussière ne le dérangeaient vraiment.

— Ça, je ne peux pas vous le dire, ce serait beaucoup trop compromettant. Mais je peux vous affirmer qu'elle était à genoux en train de lui déclarer son amour.

— Tu racontes des conneries! lança Joan.

— Tony, dit Kipp, n'ai-je pas dit toute la vérité, rien que la vérité?

— Dans les moindres détails.

Tony bâilla et jeta un regard à sa montre. Il était deux heures et demie du matin et il commençait à fatiguer. S'il fermait les yeux, il s'endormirait aussitôt. Il ferait peut-être mieux de céder le volant à Alison.

— Où est la cassette? demanda Joan.

— Hein? dit Kipp.

— Si c'est vrai, je veux entendre la cassette.

La réponse de Kipp les sidéra tous.

— D'accord, dit-il en prenant une cassette dans la boîte à gants. Vous allez avoir ce rare privilège.

Après plusieurs essais, il réussit enfin à la glisser dans le lecteur et régla le niveau sonore.

— Il est évident que tout ceci doit rester entre nous.

On entendit alors le bruit confus de deux voix, dont l'une était éplorée. Au grand plaisir de Tony, celle de l'homme ressemblait étrangement à la voix de Sager, leur entraîneur. Celle de la fille, pourtant assourdie, lui parut également familière.

— Relève-toi, tu es folle, ne te mets pas dans de tels états, disait Sager, d'un ton un peu tremblant.

La voiture sauta sur quelque chose, et Tony se demanda fugitivement s'il n'avait pas roulé sur un lapin.

— Ne me rejetez pas, je vous en prie! Je ne dors plus, je ne mange plus, je pense à vous tout le temps... Vous êtes merveilleux. Vos yeux sont si doux et vos mains, si belles. Vous êtes un homme, un vrai, pas comme ces minus du lycée...

— Hum, hum, je pourrais être ton père... Mais c'est vrai que tu es très belle.

La clarté se fit brusquement dans l'esprit de Tony, et il faillit quitter la route. C'était Kipp! C'était un imitateur-né. Les autres, à part Brenda peut-être, l'ignoraient, mais il était certainement capable d'imiter à la fois la voix de Sager et celle de Joan. La farce était d'un goût douteux mais remarquablement efficace!

— Alors, embrassez-moi, ne soyez pas timide...

— Je n'osais pas te le dire, chuchota Sager, mais je t'aime aussi, Joan.

Aussitôt, les gloussements et les cris se déchaînèrent. Évidemment, c'était Kipp qui riait le plus fort. Mais les protestations véhémentes et aiguës de Joan dominaient le tumulte.

— C'est pas moi, jurait-elle. Je déteste ce salaud! Kipp!

— Je t'aime, Joan! cria Kipp, hilare.

Une boule d'herbes sèches traversa la route, et Tony fit une superbe embardée pour l'éviter. Heureusement, la voiture tenait magnifiquement la route.

— Wouah! C'était génial, recommence, Tony, gloussa Fran. Je savais que c'était toi, Joan!

— Alors, il embrasse bien? demanda Brenda.

— Fermez-la! hurla Joan.

Kipp monta le son du lecteur.

— Nous étions faits l'un pour l'autre, disait l'entraîneur.

— C'est le destin, roucoulait la fille.

— Tony, arrête ça, bon sang! cria Joan.

Quatre boules d'herbes se mirent à danser devant les phares et Tony les évita comme s'il s'agissait des obstacles d'un jeu. Joan essayait désespérément d'atteindre le bouton du lecteur.

— Éteins les phares, ce sera plus drôle! s'écria Fran.

— Mais arrête cette cassette! hurla Joan, de plus en plus furieuse.

— Je ne peux pas! Je conduis! rétorqua Tony, mort de rire.

— Je t'ai dit d'arrêter! hurla Joan.

Elle eut alors un geste insensé. Elle se pencha, non pas vers le lecteur de cassettes, mais vers le volant, et elle éteignit les phares.

En temps normal, Tony les aurait aussitôt rallumés, il aurait retrouvé son chemin vers l'autoroute, il aurait ramené tout le monde à la maison et ils auraient tous vécu heureux, très longtemps. Malheureusement, il avait trois choses contre lui. D'abord, au moment où Joan avait éteint les phares, il était en train d'éviter une boule d'herbes, et donc il ne conduisait pas parfaitement droit. Ensuite, son corps n'était pas suffisamment entraîné pour encaisser toutes les bières qu'il avait bues. Ses réflexes étaient donc plus qu'émoussés. Et pour finir, s'il y avait une limitation de vitesse dans ce trou perdu, il devait la dépasser, et de loin. Néanmoins, en dépit de ces handicaps, la nuit aurait pu se terminer normalement s'il avait eu un dixième de seconde en plus. Sa main gauche était déjà sur la commande des phares pour les rallumer, lorsque la roue avant droite mordit sur le bas-côté de la route.

Tony ne sut jamais s'il avait crié, mais il aurait bien été le seul à ne pas le faire. Les hurlements de terreur de ses amis marquèrent le départ du compte à rebours. Le temps parut s'arrêter. Tony voulut écarter la voiture du bord de la route, mais le dénivellement devait être plus fort qu'il ne l'avait estimé. Il réussit seulement à faire mordre à son tour la roue arrière sur le bas-côté. C'était comme faire du surf à minuit sur une vague de dix mètres. Se cramponnant au volant des deux mains, il ne pouvait plus faire un geste pour rallumer. A la première secousse, la lampe de poche d'Alison s'était éteinte en heurtant le tableau de bord. A l'intérieur comme à l'extérieur, tout était d'un noir sinistre.

Ses amis se mirent à hurler son nom. Il donna un coup de volant vers la gauche, avec l'intention de sauter ce bas-côté qui le gênait tant. Et ça marcha, mais trop bien: ils regagnèrent la route et disparurent de l'autre côté.

Tony enfonça la pédale du frein.

Il y eut un rugissement assourdissant, avec une succession de sensations toutes plus inquiétantes les unes que les autres : une odeur de caoutchouc brûlé, des branches cassées, du sable qui volait, des hurlements, et encore des hurlements. Tony ferma les yeux et se cramponna à la vie.

Par deux fois, ils faillirent se retourner. Peut-être qu'il eut de la chance, mais il resta maître du véhicule. La voiture ralentit nettement. Elle se balançait encore dangereusement d'un côté et de l'autre, mais on sentait que tout le monde allait s'en sortir, lorsqu'ils *le* heurtèrent.

« La collision a été douce, se dit Tony, beaucoup trop douce. »

Cela n'avait rien à voir avec un choc contre un rocher, des arbustes ou un cactus. C'était à la fois plus volumineux et plus lourd, tout en étant plus mou.

La voiture s'immobilisa et cala.

« J'ai horreur de conduire. »

Fran et Brenda se mirent à pleurer comme des Madeleine, les autres haletaient. L'air empestait la sueur, et Tony avait à nouveau les oreilles qui tintaient. Il se sentait fourbu, comme après un match difficile. Leur soupir de soulagement resta en suspens : ils étaient passés trop près de la catastrophe.

— Ma belle Joan ! Tu es irrésistible, continuait la voix de Sage.

Calmement, posément, Joan se pencha et éteignit le lecteur de cassettes.

— Je te demandais d'arrêter la cassette, dit-elle, pas la voiture.

Tony avala sa salive.

— Ah bon ?

Kipp se mit à rire. C'était tellement déplacé que quelqu'un aurait dû lui dire de se taire. Mais, comme cela arrive parfois dans les pires circonstances, cette gaieté parut finalement tout à fait appropriée, et tous se mirent à rire comme des fous, oscillant entre l'hystérie et les larmes. Une fois qu'ils eurent retrouvé leur souffle, Tony ralluma les phares. Ils n'étaient qu'à un mètre du bord de la chaussée, la voiture était parallèle à la route. « Pas mal », se dit Tony. Il tourna la clé. La voiture démarra au quart de tour.

— Quelqu'un est blessé ? demanda-t-il.

Personne ne répondit.

— Parfait.

Il passa la première et remonta sur l'asphalte. La direction n'était pas voilée, les roues tournaient bien. Tout ce qu'il voulait, c'était faire quelques kilomètres sans que personne n'ouvre la bouche. Qu'il soit enfin trop tard pour faire demi-tour et aller voir...

... ce qu'il avait bien pu heurter.

— Tu ne veux pas aller voir s'il y a des dégâts ? demanda Brenda en se lovant dans les bras de son petit ami.

— Non, répondirent Kipp et Tony d'une seule voix.

Ils se regardèrent, Joan assise entre eux. Kipp hocha la tête, et ce simple geste était plus parlant que les mille et une manières de dire « Foutons le camp d'ici ! ».

— Je dois rentrer chez moi, dit Joan, précipitamment. Mon père sera furieux. Il va t'étriper, Tony. Allez, on y va maintenant.

— Oui, on y va, approuva Tony en enfonçant l'accélérateur.

Cinquante mètres. « Ne te retourne pas. » Cent mètres. « Ce n'était qu'un cactus. » Cent cinquante mètres...

— Tony ? dit Neil.

Tony enfonça le frein, mit la voiture au point mort et coupa le moteur. Il laissa tomber sa tête sur le volant. Neil était sa conscience : discrète, douce et impossible à ignorer. Tony prit une profonde inspiration, serra les poings et se redressa.

— Donne-moi la lampe.

Brenda la lui glissa dans sa main.

— Restez là, vous autres, ordonna-t-il. Je reviens tout de suite.

— Non ! protesta Kipp.

— Si, lui dit Tony en ouvrant la portière.

Dehors, c'était une véritable tempête de sable. Ses yeux lui brûlaient, et il eut très vite un mauvais goût dans la bouche. La lampe clignotait, tandis qu'il remontait précipitamment les traces laissées par les pneus dans la poussière. Une branche, surgie de l'obscurité, le fouetta au visage. Son cœur fit un bond dans sa poitrine. Il était en état de choc.

Deux cents mètres derrière la Maverick, il le vit.

L'homme était allongé sur le dos dans une position presque naturelle. Aucun de ses membres n'était plié selon un angle anormal, sa veste de sport marron était ouverte, juste un peu couverte de poussière. Il n'était pas vieux, une trentaine d'années peut-être, ni grand, d'ailleurs ; il avait la taille et la carrure de Neil. Ses yeux étaient grands ouverts. Tony s'agenouilla. Un mince filet de sang coulait entre ses lèvres à peine entrouvertes et, pourtant, l'homme avait l'air de sourire.

Tony ne savait pas depuis combien de temps il était assis là. Kipp le secoua. Il entendit sa voix mais il eut l'impression qu'elle venait de loin, très loin. Il dut faire un effort pour relever la tête, et s'aperçut alors que les autres étaient debout en demi-cercle derrière lui.

— Il est mort ? demanda Kipp.

Il était complètement dégrisé, les yeux exorbités. Il s'agenouilla près de l'homme et lui prit le poignet pour chercher son pouls.

— On dirait, s'entendit répondre Tony.

Kipp toucha le sang sur les lèvres.

— On dirait qu'il est mort depuis déjà un bon moment.

— Je ne crois pas, dit-il doucement.

— Tu veux dire que c'est nous qui l'avons écrasé ? demanda Kipp, stupéfait.

Tony lui fut reconnaissant d'avoir dit « nous ». Avant qu'il ait pu répondre, Fran, Brenda et Joan se mirent à crier en même temps.

— Je t'avais dit de ralentir, Tony ! glapit Fran. Je te l'ai dit dès que nous avons quitté le parking. Je t'ai dit : « Tony, tu roules trop vite. »

— Espèce d'imbécile ! rétorqua Joan. C'est toi qui lui as dit d'éteindre ses phares.

— J'ai jamais dit ça ! C'est pas ce que j'ai voulu dire !

— Mais dis donc, c'est toi, Joan, qui as éteint les phares ! s'exclama Brenda. Tu étais tellement folle de rage et tellement soûle que...

— Et si j'étais soûle, c'était grâce à qui, hein ? riposta Joan. C'est toi qui as apporté la bière. Et c'est toi qui n'as pas arrêté de nous faire boire. Pas étonnant que Tony se soit perdu. Et toi, Ali, n'espère pas t'en tirer comme ça. C'est bien toi qui lui as dit de prendre cette foutue route.

— Tu as raison, dit Alison.

Le calme avec lequel elle accepta sa responsabilité eut un effet apaisant sur tout le monde. Alison vint s'agenouiller à côté de Tony et posa la main sur son bras.

— Qu'est-ce qu'il faut faire, Tony ?

— Je ne sais pas. Trouver qui c'est, peut-être.

Tony espérait que Kipp allait prendre la situation en main. Il ne voulait pas toucher cet homme. Kipp le comprit et commença à lui fouiller les poches. Il aurait d'abord dû lui fermer les yeux, car chaque fois qu'il touchait le corps, ils roulaient légèrement.

— Il n'a pas de portefeuille, déclara Kipp une minute plus tard. Comment un type aussi bien habillé peut-il se promener sans portefeuille? Quelqu'un a déjà dû le lui piquer. Je vous le dis, ce n'est pas nous qui l'avons tué.

Le sable commençait à s'insinuer dans le col de Tony. Le vent était chaud et sec, un vent du désert, peu soucieux des êtres humains, difficile à respirer. Comme des araignées géantes tissant leurs toiles, des boules d'herbes sèches s'amassaient autour de leur petit cercle de lumière. L'homme regardait droit devant lui, fasciné par quelque chose qu'ils ne pouvaient pas voir.

— Il est peut-être tombé plus loin, dit Tony. Regardons un peu.

Kipp continua à chercher le portefeuille. Il ne trouva rien et retourna vers la Maverick pour vérifier le pare-chocs. Il pourrait fournir une preuve cruciale. L'homme était-il debout ou couché lorsqu'ils l'avaient heurté?

Le pare-chocs était cabossé, leur dit Kipp lorsqu'il revint vers eux, mais il y avait longtemps qu'il était dans cet état. Pourtant, Tony aurait juré qu'il n'y avait pas la moindre égratignure sur la voiture de Kipp au début de la soirée.

Fran et Brenda se mirent à pleurer. Joan commença à faire les cent pas. Neil demeurait immobile en dehors du halo de la lampe, et Alison restait agenouillée près de Tony, tête baissée. Kipp ferma les yeux de l'homme. Pas une seule voiture ne passa sur la route. Tony regarda sa montre. La nuit était bien avancée. Il ne leur restait plus beaucoup de temps pour...

Pour se débarrasser du corps?

— On va le mettre dans le coffre, dit-il enfin. Les autorités pourront l'identifier.

Il attendit une objection. Heureusement, Kipp était là.

— Pas question. Je ne veux pas que tu le mettes dans ma voiture.

— Kipp, on ne peut tout de même pas le laisser ici!

— Bien sûr que si! s'écria Joan, s'arrêtant net de faire les cent pas pour venir se planter de l'autre côté du corps avec un air de défi.

Envolée, la gamine sexy de dix-sept ans. Ils avaient devant eux une femme désespérée.

— Mon père est flic. Je les connais. Ils vont nous interroger séparément. Fran et Alison vont craquer, c'est sûr. Les flics reconstitueront ce qui s'est passé. J'admets que c'est moi qui ai éteint les phares. Je peux me retrouver avec une sacrée condamnation. Allons-nous-en d'ici. Oublions tout ça.

— Je suis entièrement de ton avis, dit Kipp. Tony, ce n'est pas nous qui avons tué ce type. Il a probablement été zigouillé à des kilomètres d'ici avant d'être abandonné à cet endroit. Ecoute, il n'y a aucune voiture arrêtée dans le coin, il n'y a pas de portefeuille, pas de bosse sur le pare-chocs.

— Mais si, il y a une bosse ! explosa Tony, dans un ultime sursaut de lucidité.

Ce qu'ils envisageaient était de la folie, il savait que ça les hanterait toute leur vie. Mais c'était si tentant, si facile...

— Elle y était déjà ! rétorqua Kipp. Je suis bien placé pour le savoir ; c'est ma voiture. Tu comprends, c'est ma voiture. Même si j'étais trop rond pour conduire, je suis aussi coupable que toi. Nous le sommes tous.

— Pas moi, pleurnicha Fran.

— Ferme-la, sinon c'est toi la prochaine qu'on écrase ! riposta Joan sèchement.

— Je suis d'accord pour qu'on se casse, dit Brenda. Il est mort, que pouvons-nous faire pour lui ?

Tous gardèrent un silence prudent.

— C'est moi qui conduisais, reprit enfin Tony, faisant un effort pour prononcer ces mots effrayants... C'est ma faute. J'aurais dû... Je n'aurais pas dû boire... Je crois qu'on... Nous devrions...

Il avait la gorge tellement sèche qu'il ne put continuer. C'était ce fichu vent qui venait tout droit de l'enfer, c'était sûr. Kipp le prit par le bras et entreprit de le convaincre. Il lui prêta une oreille complaisante.

— Tu as dix-huit ans. Légalement, tu es un adulte. Je connais la loi. Tu vas être accusé d'homicide. Et pour quoi ? Pour une chose que tu n'as peut-être pas faite. Brenda a raison. Il est mort, on ne peut plus rien pour lui. On risque seulement de gâcher notre vie. Écoute-moi, Tony, je sais de quoi je parle.

Tony ne répondit rien. Il attendait que Neil prenne la parole.

Un mot de Neil, et il irait se livrer à la police. Mais Neil lui faisait confiance. Neil l'avait toujours considéré comme un super-héros. Et Neil ne dit rien.

— Si nous n'allons pas trouver la police, nous devons l'enterrer, dit finalement Alison. Ce serait plus décent.

— Ça t'irait, Tony ? demanda Kipp d'un ton désespéré. On pourrait dire une prière.

« Nous sommes vraiment désolés, jeune homme. »

Tony hocha la tête en fermant les yeux. C'était comme ça avec les prières. On les disait toujours quand c'était trop tard.

Ils portèrent le corps à une cinquantaine de mètres de la route. Les broussailles desséchées par le soleil s'accrochaient à eux comme les ongles des damnés. Ils n'avaient pas de pelle ; ils n'avaient que la manivelle du cric, un gros tournevis et leurs mains pour creuser. Le sol était dur. La tombe fut peu profonde.

— Je crois l'avoir entendu gémir, murmura Fran, terrorisée.

— Arrête tes conneries, rends-toi plutôt utile, rétorqua Joan.

Après avoir mis l'homme dans le trou sans cérémonie, ils lui croisèrent les mains sur la poitrine, lui laissant au doigt l'anneau qu'il portait. Peut-être s'agissait-il d'une alliance ? Malgré les protestations des autres, Neil insista pour passer son crucifix autour du cou de l'homme. Ils le recouvrirent alors de terre, en récitant rapidement une prière.

Ils retrouvèrent l'autoroute avec une facilité déconcertante. Le chemin du retour fut simple. Tony s'en souvenait parfaitement. Si jamais il éprouvait le désir ou le besoin de retourner sur la tombe, il pourrait le faire sans difficulté.

4

La répétition se passait mal. A cette heure plus que matinale, avant le premier cours, c'était toujours difficile de se concentrer. Alison aurait préféré travailler sur *Vous ne l'emporterez pas avec vous* après l'école, mais son professeur d'art dramatique, M. Hoglan, croyait — à tort — qu'ils étaient plus frais au lever du jour et qu'ils ne pouvaient donner le meilleur d'eux-mêmes qu'au chant du coq. Et Fran, en emportant les décors de la salle à manger, ne les avait pas aidés. C'était dur pour Alison de se mettre dans la peau de son personnage en regardant par une fenêtre imaginaire. Mais le gros problème, ce matin, c'était Brenda — Essie — la sœur d'Alice.

En résumé, la pièce racontait la rencontre entre les parents du fiancé d'Alice, des gens très coincés, et la famille complètement farfelue de la jeune fille. Brenda, bien qu'elle refuse de l'admettre, était parfaite dans les rôles d'excentriques. Essie, avec ses danses syncopées et ses répliques nunuches, était un personnage qui lui convenait parfaitement. Mais Brenda avait déjà laissé entendre clairement que ça ne lui plaisait pas de jouer les « laiderons hystériques ». Elle se donnait d'ailleurs beaucoup de mal ce matin pour appuyer son point de vue. Elle forçait son personnage. En bref, Brenda criait si fort que l'on n'entendait plus les autres. Elle exaspérait Alison.

En temps normal, Alison adorait être sur scène. Elle n'avait aucun mal à se mettre dans la peau de son personnage, quel qu'il soit. Dans sa courte carrière, elle avait déjà interprété un chat sournois, un séduisant vampire, une fille gâtée et même un meurtrier psychotique. Elle s'était d'ailleurs demandé si elle n'avait pas été tout ça dans des vies antérieures, tellement leurs façons de penser lui avaient paru familières. Et elle avait découvert que son plaisir de jouer venait tout simplement du bonheur d'être sur scène. Elle adorait que l'attention des gens se focalise sur elle.

— Reprenons ! cria M. Hoglan depuis la dernière rangée de la petite salle.

Ce petit homme trapu, entre deux âges, avec une courte barbe grise clairsemée et un épais postiche noir de jais, était un professeur hors pair qui savait diriger les acteurs sans les étouffer. Il se montra très patient avec Brenda, ce matin-là.

— Depuis le début ? demanda Alison.

Elle était la seule, sur scène, à ne pas avoir le texte de la pièce à la main. Elle avait pour principe d'apprendre dès le début ses répliques par cœur. Ça aussi, ça énervait Brenda.

— Non, on reprend depuis : « C'est le vice-président de Kirby & Cie. »

Alison hocha la tête et se mit en place. M. Hoglan lui fit un signe, et elle s'avança vers la table basse — ou plutôt vers l'endroit où aurait dû se trouver une table basse — en disant :

— « Non, c'est le vice-président de Kirby & Cie, M. Anthony Kirby Junior. »

— « Le fils du patron ? » demanda Brenda avec un enthousiasme exagéré.

— « Eh bien... », dit leur mère, Penny.

Le rôle de Penny était joué par Sandra Thompson. La pauvre Sandy était très forte et elle avait déjà des allures de mère. Ce qui ne l'empêchait pas d'être une excellente actrice.

Alice s'avança vers elle en souriant.

— « Le fils du patron. Comme dans les films. »

— « C'est pour ça, la nouvelle robe ! » hurla Brenda.

Alison ne put s'empêcher de faire la grimace. Heureusement, elles furent interrompues à ce moment-là. Un jeune garçon en short — un élève de troisième certainement — apparut à la porte de derrière. Il leur cria quelque chose, d'une voix excitée, au sujet du gymnase.

— Que se passe-t-il, jeune homme ? demanda calmement M. Hoglan.

— Venez voir ! s'exclama le gamin, et il disparut.

Alison se demanda ensuite comment Brenda et elle avaient pu ne pas faire immédiatement le rapprochement. Elles avaient traversé la salle en courant, sans que la pensée du Rédempteur les effleure un seul instant.

— Qu'est-ce que tu es de mauvaise humeur, ce matin ! dit Brenda tandis qu'elles sortaient sous le soleil éblouissant.

— Dieu merci, on ne peut pas en dire autant d'Essie !

— Qu'est-ce que tu veux dire ?

— Tu charries, Brenda, on aurait cru que ton personnage faisait un monologue.

— Nous n'avons pas tous autant de texte à dire que certains. Il faut bien tirer parti du peu qu'on a.

— Certains feraient bien de ne pas confondre quantité et qualité.

Brenda passa une main dans ses cheveux blonds.

— Ce n'est pas le moment de me casser les pieds. Je suis crevée, je n'ai pas fermé l'œil de la nuit.

Le Rédempteur reprit alors sa place dans leurs pensées — il

n'avait jamais été bien loin. Alison était fatiguée, elle aussi. Elle avait mal dormi. Elle s'était levée deux fois pour aller regarder par la fenêtre le lotissement vide autour de chez elle. La pleine lune baignait la campagne environnante, couverte de broussailles, qui ressemblait tout à fait à l'endroit où ils s'étaient égarés en rentrant du concert. Par quelle ironie du sort se retrouvait-elle dans ce trou qui ressemblait au seul endroit au monde qui lui fasse peur ?

Elles contournèrent le bâtiment et faillirent rentrer dans les élèves qui s'étaient attroupés devant le gymnase. Fran n'avait pas dû beaucoup dormir, elle non plus, la nuit dernière.

Leur mascotte, Teddy, au gentil sourire, avait maintenant une sinistre tête de chèvre rouge et blanc.

Le déjeuner à Grant High n'avait rien d'excitant. Le mieux était encore d'aller manger un hamburger bien gras au centre commercial. La cour du lycée était bondée, et sur les bancs de bois étaient griffonnées les pires obscénités de toute la Californie. Lorsque Alison rejoignit Fran pour l'enguirlander, elle avait bien l'intention de quitter le lycée dès qu'elle se serait assurée que Tony ne restait pas, lui non plus. La lettre avait au moins un avantage : elle lui fournissait un prétexte génial pour lui parler.

— Fran, tu aurais pu te tuer en faisant ça toute seule, la gronda-t-elle à mi-voix.

Tout en cherchant Tony des yeux, elle regarda autour d'elle afin de s'assurer que personne ne l'entendait.

— Ça te plaît ? demanda Fran, de grands cernes sous les yeux.

— Qu'est-ce que tu dis ? Bien sûr que non ! C'est affreux !

Fran n'apprécia pas qu'on critique son œuvre.

— Je m'en fous ! Tant que ça lui plaît, à lui !

— Et comment sais-tu si c'est un homme ? Kipp croit que c'est l'une de nous qui a parlé de l'accident. Il pense même que c'est toi.

— Je sais ce qu'il pense !

— Chut !

— Je n'ai rien dit à personne, rétorqua Fran à voix basse.

En regardant son visage pincé et ses lèvres tremblantes, Alison la crut. Elle ne risquait pas d'en parler. De même qu'elle ne parlerait jamais du poster qu'elle avait peint représentant David Bowie nu.

— D'accord, ne t'inquiète pas. Je sais qu'on peut te faire confiance. Mais pourquoi ne m'as-tu rien dit pour ça? J'aurais pu t'aider.

— Je ne voulais pas que tu aies des ennuis si un gardien passait par là.

Fran n'était pourtant pas très courageuse. Cela intrigua Alison.

— Tu as envoyé la lettre à Kipp?

— Ce matin. J'ai rayé mon nom et je l'ai tapé dans la seconde colonne.

— Tu aurais pu te contenter de la lui remettre.

— Mais les instructions disaient de l'envoyer par la poste.

— Bof, tant pis... Oh, flûte!

— Quoi? demanda Fran en se mettant sur la pointe des pieds.

Joan Zuchlensky, se pavanant dans une jupe de cuir noir et un chemisier en soie blanche, se frayait un chemin vers elles.

— Voilà la reine de la course en patins à roulettes, chuchota Alison. Salut, Joany! lança-t-elle avec un sourire éblouissant.

Joan détestait qu'on l'appelle Joany. Elle n'aimait pas non plus tourner autour du pot.

— Où sont Tony et Neil? demanda-t-elle.

Alison posa une main sur sa bouche.

— Mon Dieu, quelle horreur, je ne sais plus où j'ai attaché leurs laisses!

Ces derniers temps, c'était toujours comme ça entre elles.

— Pourquoi tu me demandes ça? Ils ne me suivent pas comme des chiens.

Joan sourit lentement et se mordit la lèvre inférieure d'un air méchant.

— C'est vrai que tu n'as pas un seul type pendu à tes basques. J'adore ta chèvre, ajouta-t-elle en se tournant vers Fran.

— Merci, grommela Fran, les yeux baissés.

— Elle te ressemble, continua Joan. Alors, Ali, qu'est-ce que tu penses de ce Rédempteur?

— Qu'il saura peut-être te remettre à ta place.

Joan éclata de rire.

— Il n'arrivera jamais à me demander un truc suffisamment méchant.

Son regard se posa sur sa main, qu'elle avait appuyée contre un arbre, et son visage blêmit.

— Hiiii! se mit-elle à hurler en secouant sa main comme une folle.

— Qu'y a-t-il? demanda Alison, sans comprendre.

— Une araignée!

Alison se mit à glousser.

— Et alors, elle ne va pas te mordre?

— Elle m'a mordue!

Joan arrêta sa danse de Sioux et, après avoir respiré profondément, essaya de retrouver ses esprits, visiblement embarrassée de sa réaction ridicule.

— Donc, reprit-elle, comme si de rien n'était, tu ne sais pas où est Tony?

Alison se tourna vers Fran.

— Tu ne crois pas qu'on devrait insister pour qu'elle aille à l'hôpital, avant que le venin n'atteigne le cœur?

Elle ne pouvait s'empêcher de l'asticoter. Pourtant elle savait bien que ce n'était pas une bonne idée d'humilier Joan. Cette teigne avait la rancune tenace.

Joan leva un doigt.

— Cette lettre me rappelle un truc que je voulais te dire depuis longtemps. Je sais que tu as fait semblant d'être en panne de voiture, le soir du concert, pour pouvoir revenir avec Tony. Alors, qu'est-ce que t'en dis?

— Que tu as parfaitement raison, mentit Alison.

— Ali! gémit Fran.

— Tu m'as l'air sacrément accrochée à lui, dit Joan.

— Tu m'as l'air sacrément inquiète, dit Alison.

Joan lui brandit son doigt sous le nez. L'ongle écarlate était long et acéré.

— T'as intérêt à le laisser tranquille, dit-elle froidement.

Alison se mit à rire à gorge déployée.

— Pourquoi? Qu'est-ce qui va... (Elle repensa à la lettre du Rédempteur.) Il m'arrivera malheur?

Joan se mit à sourire d'un petit air vicieux.

— Tant pis pour toi, dit-elle. Je t'aurai prévenue.

Elle passa la main sur la tête de Fran comme si elle caressait un animal et s'en alla.

« Rien que des mots », se dit Alison, peu impressionnée.

Quelques minutes après, elles virent arriver Tony et Neil. C'était la première fois qu'Alison avait le plaisir de voir Tony se diriger droit sur elle. Neil le suivait péniblement. Il faisait une tête de moins que lui. Ses longs cheveux bruns auraient eu besoin d'un coup de peigne. Ce fut lui qui leur sourit le premier. Alison s'empressa de sourire à son tour.

— Neil est avec lui, chuchota Fran d'une petite voix tendue.

— Voici l'occasion que tu attendais, chuchota Alison à son tour, parlant pour elles deux, son cœur battant la chamade.

Fran déglutit.

— Je peux encore attendre.

Elle recula. Alison la rattrapa par le bras.

— Si tu me laisses, je dirai à Neil que tu as rêvé de lui cette nuit.

— Tu n'oserais pas!

— Et je lui dirai que tu l'as dessiné quand tu t'es réveillée.

Fran décida de rester. Les garçons les eurent rejointes quelques secondes plus tard. Alison fut agréablement surprise, lorsque Neil leur serra la main à toutes les deux. Elle appréciait la politesse. Quant à Tony, il avait l'air vraiment cool.

Mais avant qu'ils aient eu le temps d'échanger autre chose que des bonjours, le proviseur du lycée, M. Gregory Hall, les rejoignit. Alison aurait paniqué et Fran se serait sans aucun doute évanouie s'il avait paru contrarié. Cet homme grand et maigre, au visage de corbeau, remplissait ses fonctions en coulisse. Plus de la moitié des élèves ignoraient à quoi il ressemblait. Lui devait par contre avoir une mémoire photographique, car il salua chacun d'entre eux par son nom.

— C'est surtout à vous, Fran, que je désirais parler, dit-il.

— Moi?

— Oui, de ce qui est arrivé à la mascotte du gymnase.

Fran blêmit.

M. Hall hocha la tête avec commisération.

— Je sais ce que vous devez éprouver. Comptez sur moi; dès que je découvrirai l'auteur de ce sacrilège, je veillerai personnellement à ce qu'il soit expulsé.

— Personnellement? répéta Fran.

— Par contre, je me demandais s'il vous serait possible de refaire votre peinture? Pas forcément tout de suite. Je dois assister au conseil d'administration cet après-midi, et je vais leur demander si nous pourrions vous payer pour ce travail. Qu'en dites-vous? demanda M. Hall avec un large sourire.

Fran semblait avoir avalé sa langue. Alison vint aussitôt à son secours :

— Elle en sera ravie. N'est-ce pas, Fran ?

Fran hocha la tête.

— Je pense que ce travail mérite au moins cent dollars, ajouta Alison.

— Je comptais en proposer deux cents, dit-il, malicieusement. Alors, marché conclu ?

Fran réussit à hocher la tête.

— Merveilleux ! Maintenant, si je peux vous enlever à vos amis quelques instants, j'aimerais que vous veniez signer un papier à cet effet. Ma demande n'en aura que plus de poids auprès du conseil.

M. Hall dut pratiquement traîner Fran jusqu'au bâtiment administratif. Il devait croire que la jeune fille avait le cœur brisé parce que son œuvre avait été saccagée. Les trois autres en étaient morts de rire. Mais le moment semblait décidément mal choisi pour discuter, car maintenant Neil devait partir.

— Où dois-tu aller ? demanda Tony, surpris.

— Au vestiaire. Bon appétit ! dit-il, avec un grand sourire.

Il tourna les talons et s'éloigna en boitant.

— Hé ! cria Tony.

— Il faut que j'y aille, lança Neil par-dessus son épaule.

— Tu crois qu'il court après Fran ? demanda Alison, pleine d'espoir.

Tony la dévisagea d'un air rêveur.

— Non, je ne crois pas, fit-il lentement.

Son sérieux et sa certitude impressionnèrent Alison.

— Elle l'aime beaucoup, en tout cas. Je ne sais pas s'il s'en doute.

Il faillit répondre, puis se ravisa.

— Neil aime tout le monde, dit-il prudemment.

— C'est un type génial, affirma-t-elle, alors qu'elle le connaissait à peine.

Tony s'adossa à l'arbre en souriant.

— Je ne voudrais pas changer de sujet, mais tu ne trouves pas qu'on est dans un sacré pétrin ? demanda-t-il enfin. Tu n'as eu aucune révélation importante pendant la nuit ?

— Non, pas vraiment, à moins que tu ne considères les cauchemars comme des révélations.

44

A chaque fois qu'elle s'était assoupie, toujours brièvement, elle avait fait le même rêve : elle essayait d'ouvrir la porte d'entrée de sa nouvelle maison, et sa main restait collée sur la porte.

Tony hocha la tête.

— J'ai cauchemardé moi aussi.

— Non! dit-elle, incrédule.

Alison n'aurait jamais pensé qu'il puisse avoir peur. D'un autre côté, c'était lui qui conduisait; il avait le plus à perdre. Elle s'aperçut brusquement qu'elle ne savait rien de lui. Pourtant, elle s'intéressait à Tony Hunt depuis déjà quatre ans.

— Tu serais surprise par des tas d'autres choses, dit-il, comme pour la conforter dans cette pensée.

— Une idée m'est venue, lança Alison. Nous n'étions peut-être pas seuls, cette nuit-là. Ça expliquerait tout. Quelqu'un nous a sans doute vus, non?

— Aucune voiture n'est passée, j'en suis sûr. Mais ton idée n'est pas plus bête que celles que nous avons eues hier.

— Brenda et moi, nous avons sérieusement cuisiné Fran. Ça m'étonnerait qu'elle ait parlé.

Tony s'empressa d'opiner, comme si lui-même ne l'y avait jamais cru.

— Et vous, les garçons, à quelles conclusions êtes-vous arrivés? continua Alison. Je serais curieuse de le savoir.

Tony haussa les épaules.

— Rien de bien nouveau. Sauf pour Neil. Il a deux théories assez intéressantes. Il pense que le Rédempteur pourrait être l'un d'entre nous et qu'il ou elle a l'intention de mettre ses menaces à exécution.

Alison pensa à Joan, mais elle préféra se taire. Elle ne savait pas si Tony était attaché à elle. Plusieurs fois, Joan avait laissé entendre qu'ils sortaient ensemble.

— Quelle est la seconde théorie de Neil? demanda-t-elle soudainement.

— C'est... c'est dur à expliquer. (Il s'éclaircit la gorge.) Hé, tu as mangé?

Elle secoua la tête. Il allait l'inviter. Il allait tomber amoureux d'elle.

— Ça te plairait d'aller manger un hamburger bien gras au centre commercial?

— Non... Enfin, je voulais dire... je fais un régime, bégaya-t-elle.

Il la contempla des pieds à la tête.

— Et ton régime te permet-il les bonnes frites bien grasses ?

— Oh, oui !

— Vous êtes une demoiselle plutôt surprenante, Alison, dit-il en la prenant par le bras.

5

— Ça fait sept jours, fit Kipp, l'air satisfait, et la foudre ne m'a toujours pas frappé. Je te l'avais dit, le Rédempteur bluffait.

Tony, Neil, Brenda et Kipp s'étaient retrouvés tous les quatre sur le parking de l'école, près de la voiture de Kipp. L'été précoce ne montrait aucun signe de clémence. La chaleur montait de l'asphalte par vagues successives. La chemise de Tony était plaquée sur sa poitrine par la sueur et il avait du mal à se faire à l'idée qu'il devait aller s'entraîner sur la piste d'athlétisme.

Il y avait effectivement une semaine que la deuxième injonction était parue dans le *Times*. Cette fois-ci le destinataire n'était désigné que par ses initiales. Mais comme la première fois, les ordres étaient clairs et concis :

K. C. Rate ton prochain contrôle de maths.

Kipp avait foncé tête baissé et obtenu un A à son test.

— Il n'a pas donné de limite dans le temps pour le châtiment, dit Neil en enlevant des cheveux bruns de ses épaules.

Il perdait ses cheveux par poignées. Tony ne savait pas si c'était dû au diabète, au stress ou tout simplement à de mauvais gènes, mais il était très inquiet pour lui. Neil avait manqué les cours toute la semaine précédente, et il avait encore perdu trois kilos. Il avait soi-disant eu la grippe.

Kipp éclata de rire.

— C'était une plaisanterie. C'est évident, non ?

— J'espère que tout sera rentré dans l'ordre avant la première de la pièce, dit Brenda. Neil, je t'ai vu à la répétition ce matin. Qu'en penses-tu ?

Le visage de Neil rayonna.

— Je t'ai trouvée merveilleuse. Je riais encore en sortant.

Brenda rougit.

— Merci. C'est très gentil.

— J'adore Alison dans le rôle d'Alice, ne put s'empêcher d'ajouter Kipp. Cette fille a du talent. Ça se voit rien qu'à la façon dont elle se déplace sur scène. Je te trouve géniale, toi aussi, ajouta-t-il en passant une main dans le dos de Brenda.

— Mais pas autant qu'Alison, fit-elle, amère.

— Non, je n'ai jamais dit ça.

— Elle a des répliques meilleures que les miennes ! C'est elle la vedette ! Qu'est-ce que je peux y faire ? Est-ce ma faute si ce charlot de professeur a trouvé que je ne correspondais pas au personnage ?

— Je t'en prie, dit Kipp, on ne va pas remettre ça. Tu es une excellente actrice. Alison est une excellente actrice. Vous êtes toutes deux d'excellentes actrices. En fait, tu es probablement la meilleure des deux.

— Tu veux dire que mon style n'est pas assez théâtral. C'est ça, hein !

Kipp laissa échapper un grognement et essuya la sueur sur son front.

— Écoute, si on parlait de ça en rentrant ? Je ne peux plus tenir dans cette fournaise.

Brenda se croisa les bras.

— Qu'est-ce qui te fait croire que je vais rentrer avec toi ?

— Je te ramène tous les jours. J'ai pensé...

— Eh bien, tu t'es trompé !

Brenda tourna les talons et partit d'un air offensé.

— Moi aussi, je t'aime ! cria Kipp. J'en arriverais presque à souhaiter que le Rédempteur existe, ajouta-t-il en secouant la tête. Peut-être qu'il arriverait à lui améliorer le caractère.

Il monta dans sa voiture et attacha sa ceinture.

— Tu peux m'emmener ? demanda Neil.

En principe, il rentrait chez lui à pied. Sa jambe devait le faire souffrir.

— A une condition : ne me demande pas ce que je pense de tes talents, répondit Kipp en démarrant.

Neil s'assit sur le siège du passager. Tony se pencha par la vitre ouverte.

— Tiens, tu mets ta ceinture ? Depuis quand ? La semaine dernière, peut-être ? ironisa-t-il à l'endroit de Kipp.

Kipp ne trouva pas ça drôle.

— J'ai toujours mis ma ceinture, dit-il en passant la marche arrière. Amuse-toi bien à l'entraînement.

— Merci, marmonna Tony.

La Maverick recula, puis fonça droit devant elle, sautant le premier ralentisseur. Elle se dirigeait vers la sortie en pente, à l'arrière du campus.

— Fais attention à toi ! cria Neil par la portière.

Tony traversait le parking en direction du vestiaire des garçons, lorsque Joan surgit de l'atelier des métaux, juste devant lui. Joan était la seule fille de l'école à avoir choisi cette activité. Elle aimait faire de lourds colliers de cuivre et des bracelets en acier inoxydable. Tony ne fut pas particulièrement ravi de la voir.

Son déjeuner avec Alison, la semaine précédente, s'était merveilleusement bien passé. A dire vrai, il était sorti avec un certain nombre de filles, et elles le traitaient toutes comme une célébrité. Et Joan, malgré son caractère impossible, réagissait comme les autres.

Pendant le trajet jusqu'à la galerie marchande, il avait eu l'impression qu'Alison n'était pas différente. Elle avait commencé par se vanter d'avoir vu tous les essais qu'il avait marqués, puis elle lui avait assuré qu'il serait à coup sûr engagé par la fédération de football dès sa première année d'université et que Steven Spielberg ne pourrait manquer de le remarquer et de l'engager dans son prochain film. Elle avait dû ensuite sentir son absence d'intérêt car elle s'était mise à parler normalement. Et elle était très drôle ! Elle avait autant d'esprit que Kipp et elle était diablement plus séduisante. Ils avaient parlé de tout sauf de football et du Rédempteur. Après l'avoir raccompagnée au lycée, il avait revécu en mémoire chaque instant de leur rencontre. Inutile de se leurrer : il était amoureux.

Il n'avait plus parlé à Alison depuis, d'abord parce qu'il risquait de faire de la peine à Neil, et ensuite parce qu'il risquait de se faire tuer par Joan.

— Tony ! s'exclama Joan, l'embrassant sur les lèvres avant qu'il ait pu réagir. M'éviterais-tu, par hasard ?

— Bien sûr que non !

— Menteur, dit-elle en lui plantant un doigt dans l'estomac. Allez, dis-moi la vérité, rien que la vérité.

— Je suis amoureux de Kipp.

Elle leva les yeux au ciel.

— Waouh ! Il est au courant ?

Soudain, ils entendirent un bruit fracassant venant de la descente que leurs amis venaient d'emprunter.

Oubliant Joan, Tony piqua le sprint de sa vie. Aucune boule d'herbes sèches ne roulait devant lui pour lui boucher la voie. Le soleil brillait et il savait où il allait. Le bas-côté n'essayait pas de le faire dévier. Et pourtant, il était à nouveau sur cette route, pris d'une panique qui le ramenait dans le passé.

Il s'arrêta en haut de la côte, là où la rue plongeait à quarante-cinq degrés. La Maverick avait foncé dans un mur de brique haut de cinq mètres censé protéger du bruit la résidence voisine. L'avant de la voiture était en accordéon et le toit, bien abîmé, couvert de morceaux de briques. Il n'y avait plus de pare-brise. Tony parcourut lentement les derniers mètres, effrayé de ce qu'il allait découvrir.

Neil enlevait le verre de ses cheveux. Kipp tournait le bouton des stations sur l'autoradio muet.

— Tu veux que je te ramène, toi aussi ? demanda-t-il d'un ton désinvolte.

Tony, qui avait retenu sa respiration jusque-là, expira lentement. Non, on n'était plus cette nuit-là. Ce n'était qu'un avertissement.

— Que s'est-il passé ? demanda-t-il.

— Mes freins ont lâché en haut de la côte, dit Kipp en enfonçant la pédale qui s'écrasa au plancher sans la moindre résistance.

— Une coïncidence ?

— Je ne pense pas, dit Neil en tâtant une blessure sur son front.

— Ça va ? demanda Tony.

Neil hocha la tête.

— Je me suis juste un peu cogné la tête. J'aurais dû mettre ma ceinture. Ça va aller.

Kipp et Neil s'extirpèrent prudemment de la voiture et allèrent s'asseoir sur le trottoir. Tony voyait les autres arriver au loin,

Joan en tête. Il voulait faire une rapide vérification avant que tout le monde soit là. Il se coucha par terre en prenant garde aux morceaux de verre et jeta un rapide coup d'œil sous les roues arrière. Le train avant était défoncé mais il pourrait voir si l'on avait saboté les freins arrière. Il fut d'abord soulagé de constater que les vis de purge n'avaient pas été desserrées. Puis il remarqua le liquide rouge foncé qui courait sur les tuyaux. Une inspection plus poussée lui permit de voir qu'ils avaient été méthodiquement perforés. Le saboteur était un malin. S'il s'était contenté de défaire les vis, le liquide se serait écoulé dès le premier coup de frein, et Kipp l'aurait senti. Mais, vu le petit diamètre des trous, il avait dû enfoncer la pédale trois ou quatre fois avant que les freins ne cessent de fonctionner.

— On y a touché? demanda Kipp.

— Ouais.

Tony ressortit de dessous la voiture. On aurait dit que Kipp avait avalé un parapluie. Quant à Neil, il semblait sur le point de vomir.

— Les tuyaux ont été perforés, avec un clou ou une aiguille. As-tu senti que les freins lâchaient?

— Non, il y avait ma chanson préférée à la radio.

— Vous auriez pu vous tuer. Regarde dans quel état est ta voiture.

— J'ai vu, répondit Kipp d'une voix calme. Mais personne n'a été tué, et je suis assuré. Attention, ne va pas croire que je prenne ça à la légère. J'ai un autre contrôle de maths demain et je pense que je vais le rater, ajouta-t-il en se levant pour épousseter son pantalon. Maintenant, si tu permets, je vais aux toilettes.

Tony le regarda s'éloigner, admiratif et excédé à la fois. Il aida Neil à se relever. Sa tête ne saignait plus mais il avait dû se faire mal à la jambe. Il boitait encore plus.

— Tu devrais attendre ici, dit Tony. Quelqu'un a bien dû appeler une ambulance.

Neil secoua la tête. Ses mains tremblaient.

— Je déteste les médecins, je ne veux pas les voir. J'ai seulement besoin d'aller aux toilettes.

— Neil, je vais t'aider, ne t'inquiète pas. Ça va aller.

— Merci, répondit Neil.

Ils traversèrent la rue. On entendit la sirène d'une ambulance dans le lointain. La moitié de l'équipe d'athlétisme était accourue du stade, et Joan arrivait, suivie d'une meute de professeurs et d'élèves.

— Vous avez eu de la chance, tous les deux, dit Tony. Tu aurais pu passer à travers le pare-brise. Kipp aurait pu se fracasser le crâne contre son volant. Heureusement qu'il avait mis sa ceinture.

— Et heureusement que Brenda a refusé de monter avec lui, ajouta Neil en hochant la tête d'un air las.

Les deux garçons s'immobilisèrent au bas de la pente et leurs regards se croisèrent.

6

Le lundi suivant, Brenda tendit à Alison l'édition matinale du *Times* et s'assit, sans rien dire, à côté d'elle, au cinquième rang du théâtre. Alison ouvrit le journal à la rubrique des petites annonces et mit une minute à trouver celle qu'elle cherchait :

B.P. Dis à M. Hoglan, en public, qu'il est le plus mauvais metteur en scène qui puisse exister.

— Tu ne peux pas lui dire ça! protesta Alison. Tu vas le vexer.

Elle n'était pas vraiment surprise. Ce n'était que le troisième message du Rédempteur mais, bizarrement, elle commençait à cerner son style.

— Le vexer, ça je m'en moque. Je ne voudrais pas me faire virer de la pièce!

— Mais tu détestes le rôle d'Essie!

— Comment peux-tu dire une chose pareille? A moins que tu ne veuilles jouer tous les rôles?

— C'est ça. J'aurais l'air malin à répondre à mes propres questions, rétorqua Alison qui commençait à en avoir assez de la jalousie de Brenda. Alors, tu vas le faire?

— Ai-je le choix? Je n'ai pas envie de recevoir un mur de brique sur la tête.

Brenda jeta un coup d'œil vers la porte, tandis que le reste de la troupe, mal réveillé, faisait son entrée, suivi d'un professeur frais comme une rose.

— J'espère seulement que ce crétin va me donner une bonne raison de lui voler dans les plumes.

La soirée de la première approchant à grands pas, M. Hoglan voulait leur faire répéter ce jour-là la totalité de l'acte I. Tout le monde connaissait parfaitement ses répliques. Malheureusement, Fran n'avait toujours pas rapporté le décor — Dieu seul savait ce qu'elle pouvait bien trafiquer!

Alice n'apparaissait sur scène qu'au bout de dix minutes de représentation. Elle s'assit donc à côté de M. Hoglan et attendit de voir si Brenda aurait le cran de l'insulter. Comme il n'y avait que très peu d'élèves extérieurs à la troupe, elle se demanda comment le Rédempteur saurait si elle avait exécuté sa mission insensée. Il lui vint alors une idée angoissante : le Rédempteur devait être présent. Elle examina attentivement les six personnes étrangères à la troupe, trois filles et trois garçons, et n'en reconnut aucune. Ce devaient être des élèves de troisième ou de seconde, de futurs acteurs, encore trop jeunes, visiblement, pour ourdir une telle machination. Elle pensa soudain que si Brenda insultait M. Hoglan, le lycée entier serait au courant d'ici la récréation. D'une façon ou d'une autre, le Rédempteur, à moins d'être sourd, finirait bien par l'apprendre.

Il fallait reconnaître une chose, Brenda avait du cran. A peine entra-t-elle en scène qu'elle se mit à faire les stupides exercices de stretching d'Essie d'une façon anormalement obscène. M. Hoglan intervint aussitôt.

— Brenda, lui dit-il avec gentillesse, s'approchant d'elle en tirant sur sa barbe, nous ne sommes pas en train de répéter *Hair*. Pourquoi es-tu si... provocante?

— Je ne vois pas ce que vous voulez dire, rétorqua la jeune fille.

M. Hoglan avait horreur des discussions.

— Pourrais-tu, s'il te plaît, faire ces exercices comme tu les as faits ces trois dernières semaines?

Il se retourna pour regagner sa place au dernier rang.

— Non.

Il marqua un temps d'arrêt.

— Pardon?

— Je les ferai comme je sens qu'ils doivent être faits. Vous êtes le premier à nous dire d'être naturels sur scène. Eh bien, c'est exactement ce que je fais, je suis complètement mon instinct. Et si vous voulez connaître le fond de ma pensée, je crois que vous êtes le plus mauvais metteur en scène qui puisse exister.

« Bravo, se dit Alison, elle a réussi ! » Il ne lui restait plus maintenant qu'à s'écraser discrètement, et peut-être que M. Hoglan laisserait passer.

Mais Brenda pensait peut-être que le Rédempteur en demandait plus, à moins qu'elle n'ait vraiment eu envie de vider son sac. Elle continua, et aucun mur de brique n'aurait pu l'arrêter.

— Brenda, protesta M. Hoglan, sidéré, tu me déçois beaucoup. J'exige des excuses.

— Nous sommes dans un pays libre. J'ai le droit de dire ce que je pense. Vous avez vos goûts, et j'ai les miens. Et vos goûts sont très, très spéciaux. Bien sûr, je ne suis pas la Essie idéale. Je ne suis pas faite pour jouer ce rôle de dinde. Mais vous avez dit que je n'avais pas le physique d'Alice. Qu'est-ce que ça peut bien vouloir dire ? Alice est jolie. Je suis jolie. Alors pourquoi avez-vous choisi Alison plutôt que moi ? Eh bien, je vais vous le dire, moi. Parce que vous êtes un metteur en scène sans talent, pompeux et fini...

— Ça suffit ! la coupa sèchement M. Hoglan, le visage écarlate de colère. Vu ce que vous pensez, jeune fille, votre rôle dans la pièce sera donné à quelqu'un qui saura l'apprécier plus que vous. Maintenant, je vous prie de quitter cette salle.

Brenda baissa la tête, prenant conscience d'être allée trop loin. Pourtant, lorsqu'elle quitta la scène en traînant les pieds, elle passa devant le professeur sans s'excuser et fonça droit vers la sortie. Alison courut derrière elle et la rattrapa dans le couloir. Brenda avait les larmes aux yeux mais elle était bien décidée à ne pas pleurer.

— Ça va ? demanda Alison.

— Je survivrai.

Elle s'arrêta brusquement et se tourna vers son amie avec un petit sourire en coin.

— Comment tu m'as trouvée ?

Alison la prit par l'épaule.

— Ce fut une interprétation éblouissante. Je suis sûre que le Rédempteur sera content.

Tony invita Alison pour la première fois officiellement le lendemain du jour où Brenda avait fait son esclandre. Il lança sa proposition dans des circonstances assez banales. Elle avait fait tomber ses livres juste au moment où ils se croisaient dans le hall. Il s'était arrêté pour l'aider à les ramasser et il lui avait ensuite demandé si elle était libre vendredi soir. Elle avait réagi comme la première fois; elle avait répondu non alors qu'elle voulait dire oui. Mais il avait compris.

Alison choisit soigneusement sa tenue pour ce rendez-vous. En fait, elle hésita beaucoup, ne sachant pas quels étaient les projets de Tony pour la soirée. Elle essaya successivement une élégante robe à fleurs et un jean moulant, pour finalement sélectionner une jupe écossaise verte avec un pull à col cheminée. Elle passa une heure à se maquiller et s'aperçut qu'elle était allergique à la poudre. Elle n'arrêtait pas d'éternuer. Elle venait de se démaquiller complètement, lorsqu'elle vit arriver dans sa rue déserte la Ford Tempo de Tony. Elle eut tout juste le temps de mettre du rouge à lèvres.

Tony plut à sa mère et inspira confiance à son père, pourtant Alison ne se sentit soulagée qu'une fois hors de chez elle, lorsqu'ils furent assis dans sa voiture. Tony portait un pantalon noir, avec une chemise à manches courtes. Elle trouva qu'ils étaient bien assortis. La voiture sentait le neuf.

— Cette voiture est à toi? demanda-t-elle.

Il sourit.

— En fait, c'est la voiture de mon père. La mienne ressemble un peu à celle de Kipp après son accident.

Elle apprécia la façon dont il conduisait; il ne cherchait pas à l'impressionner. Déjà, quand il l'avait emmenée déjeuner, elle avait découvert avec étonnement qu'il n'était pas du tout tel qu'elle l'imaginait. Où était passé l'athlète aux nerfs d'acier? Elle l'ignorait, et elle s'en moquait complètement. Finalement, Tony était plutôt un rêveur.

Il démarra.

— Qu'as-tu envie de faire?

— J'ai faim. Enfin, si toi, tu as faim... on pourrait aller manger, proposa-t-elle finalement.

— Bien sûr. Je connais un bistrot qui sert des frites Weight Watchers.

Elle éclata de rire.

— Ah oui, mon régime ! J'ai arrêté. Là, je serais capable de manger une vache entière. Enfin, si on peut trouver un restaurant dans le coin. Tu sais, Tony, j'aurais pu te retrouver en ville. Tu n'étais pas obligé de faire tout ce chemin.

Tony regarda les maisons vides avec leurs fenêtres aveugles, les allées immaculées, les trottoirs déserts.

— Vous êtes toujours les seuls à habiter ce lotissement ?

— Oui, malheureusement. Et j'ai l'impression que ce n'est pas près de changer. Hier, en faisant mon jogging, je suis tombée sur l'un des agents immobiliers qui vendent ces maisons. Avant, ils disaient que c'étaient des difficultés de financement qui empêchaient les acheteurs de venir s'installer. Mais maintenant, il paraîtrait que les promoteurs aient de gros problèmes de liquidités. Les entreprises n'ont pas toutes été payées et il y a des histoires de procès, d'hypothèques et de règlements de comptes. Bref, je peux choisir la chambre que je veux dans les deux cents disponibles !

Elle plaisantait pour masquer l'anxiété qui pointait dans sa voix. Depuis le début, cette résidence lui donnait la chair de poule : ses pas résonnaient dans les rues désertes comme si elle était suivie, l'écho de ses paroles rebondissait sur les murs silencieux. Et maintenant, cet isolement lui devenait insupportable. Son impression d'être observée était de plus en plus forte.

Mais elle continuait ses promenades au crépuscule. En fait, la peur était à la fois stimulante et dissuasive. C'était comme si elle pressentait qu'elle devait découvrir quelque chose pour être en sécurité.

— Y a-t-il un gardien pour protéger le lotissement du vandalisme ?

Alison hocha la tête.

— Ouais, Larry. Il fait des rondes en voiture. Il est constamment ivre. Les Hell's Angels pourraient débarquer en force, il ne les remarquerait même pas.

— J'essaierai de ne pas lui rouler dessus, dit Tony, en accélérant dès qu'il se retrouva sur la route qui rejoignait l'autoroute. Et ne t'inquiète pas, ça ne me dérange pas de venir jusqu'ici. J'adore conduire, surtout quand je vois où je vais.

Ce fut la seule allusion à l'accident de toute la soirée. Ils avaient tous les deux besoin d'une pause.

Ils roulèrent pendant des heures, tout ça pour atterrir dans un restaurant derrière leur lycée. Comme il était le héros du coin, Tony lui avait raconté que le repas serait aux frais de la maison. Elle le crut le temps de commander un homard. Heureusement, il prit de son côté un pavé de bœuf, alors elle n'eut pas trop de remords. Et elle était vraiment affamée. Elle avait lu que l'amour — à moins que ce ne soit le désir — stimulait l'appétit. Ils avaient pensé se rendre au cinéma après le dîner, mais ils parlèrent si longtemps qu'ils ratèrent la dernière séance. Ils finirent par aller lancer leur cerf-volant dans le parc en face du lycée. Alison n'avait jamais fait voler un cerf-volant la nuit. On ne pouvait pas le voir, et seule la traction sur le fil indiquait qu'il était encore en l'air. Quand ils en eurent assez, Tony se contenta de lâcher la corde.

La soirée passa en un éclair. Lorsqu'il se gara juste devant chez elle, Alison se demanda ce qui allait se passer. Il coupa le contact et la dévisagea longuement. Les réverbères étaient éteints, et elle ne voyait pas son expression.

— J'ai passé une soirée merveilleuse, dit-il finalement.

— Je parie que tu dis ça à toutes les filles.

Elle sourit, et serra ses mains l'une contre l'autre pour les empêcher de trembler.

— C'est vrai, répondit-il.

Il se pencha pour l'attirer contre lui. Il passa un bras autour de son cou et l'embrassa avant qu'elle ait eu le temps de comprendre ce qui lui arrivait. C'était bien sa chance ! Son premier baiser important, et elle ne l'avait pas savouré ! Mais les lèvres de Tony n'étaient qu'à quelques centimètres des siennes et elle se prépara à enregistrer dans sa mémoire chacune des sensations à venir.

Elle voyait ses yeux, rien d'autre. Il avait glissé une main sur sa hanche droite. Il la chatouillait un peu, mais elle se retint de rire, de peur de tout gâcher.

— Tu sais que tu as de très beaux cheveux ? dit-il en passant une main dans ses boucles.

Elle avait envie qu'il l'embrasse encore, et vite. Ses parents avaient dû entendre la voiture arriver. Leur chambre était de l'autre côté de la maison, mais son père pourrait bien sortir sur le perron si elle ne rentrait pas bientôt. Mais Tony avait l'air de se contenter de jouer avec les cheveux.

— Tony, j'ai vraiment passé un moment merveilleux, moi aussi...

Elle l'embrassa. Longuement. Les secondes se transformèrent en minutes. Elle éprouvait une agréable sensation de chute, comme si elle était un petit nuage tropical tout chaud près de fondre en pluie. Elle était peut-être exagérément romantique. Elle en était à ce point de ses réflexions, lorsqu'elle glissa de son siège. Sa tête heurta le tableau de bord, et elle se retrouva avec le levier de vitesse entre les jambes. Voilà ce qu'il en coûtait de se prendre pour la pluie qui tombe! Sa jupe lui remontait pratiquement à la taille, et si son père se décidait à venir voir ce qu'ils faisaient maintenant, elle pourrait dire adieu aux sorties avec Tony!

— Tu as de jolies jambes, observa-t-il en l'aidant à se relever.

Elle regagna son siège sans grande difficulté.

— Merci.

— Sommes-nous en danger, ici?

Elle se mit à rire doucement.

— Ça dépend de ce que tu crains. Si c'est mon père, oui, nous sommes en danger.

— Les pères ne me font pas peur. Je suis plus fort que la plupart d'entre eux.

— Qu'est-ce qui te fait peur, alors? demanda-t-elle distraitement.

Elle ferma les yeux, dans l'attente d'un baiser qui ne vint pas.

— Toi. Je suis bien avec toi, trop bien peut-être.

Il effleura lentement sa lèvre inférieure. Elle frissonna, puis il s'écarta et s'adossa à son siège.

— Qu'est-ce qu'il y a? demanda-t-elle.

— Rien.

— C'est Joan? murmura-t-elle, contrariée.

— Non.

— Tony, tu peux me le dire.

— Non, dit-il d'une voix plus forte. Il ne s'agit pas d'une autre fille, s'empressa-t-il d'ajouter.

— Alors qu'est-ce qui se passe? Tu ne peux pas me le dire?

Il ne répondit pas tout de suite. Il semblait perdu dans ses pensées, peut-être l'avait-il même complètement oubliée. Peu importe, le résultat était le même : le charme était rompu.

— Je suis désolé, dit-il finalement, il faut que je rentre.

— Tony? le supplia-t-elle doucement, en posant la main sur son épaule.

Ils ne pouvaient pas se quitter comme ça. S'ils se séparaient fâchés, jamais elle ne pourrait trouver le sommeil. Mais il refusait de la regarder.

— Fais de beaux rêves, Alison. Je t'aime vraiment beaucoup.

— Mais on va se revoir ? demanda-t-elle, attendant sa réponse avec angoisse.

Il regarda la rue, les rangées de maisons vides, et fronça les sourcils.

— Cela ne dépendra ni de toi ni de moi.

7

Le « modeste témoignage d'obéissance » qui fut demandé à Neil fut exécuté sans que personne soit blessé ni insulté. Le Rédempteur lui avait simplement ordonné d'être malade en classe. La bande avait longuement débattu pour savoir s'il fallait qu'il vomisse sur quelqu'un.

— Vous êtes vraiment dégoûtants ! avait remarqué Brenda.

Ils avaient finalement décidé qu'il lui suffirait de faire semblant d'avoir un malaise.

Neil décida que celui-ci se produirait en cours d'algèbre. L'ironie du sort voulait que le professeur de maths ne fût autre que l'entraîneur Sager, dont ils écoutaient la prétendue déclaration d'amour au moment où ils avaient percuté l'homme. Mais le choix de Neil était assez logique. Son cours d'algèbre avait lieu juste avant le repas, heure à laquelle un diabétique risquait de s'évanouir. Alison n'avait pas assisté à la scène, mais Tony était là et il la lui raconta.

— Je savais que c'était le moment, mais il m'a quand même fait vachement peur. Neil devrait faire du théâtre avec vous ; c'est un sacré comédien. Il s'est mis à chanceler sur son siège, en essayant d'attirer l'attention des autres, mais tu connais nos camarades, ils ne s'en sont même pas occupés. Il est alors devenu tout blanc — comment, je n'en ai pas la moindre idée. Personne ne disait rien, et Sager continuait à nous parler de x, y

et z. Et là, Neil ne s'est pas dégonflé. Il s'est mis à gémir, il a piqué du nez sur son bureau et il a roulé par terre. Sa nuque a cogné le carrelage avec un bruit sourd. Tu aurais vu Sager! Il a réagi comme si Neil avait pris feu. Il a arraché sa veste pour rouler Neil dedans et il s'est mis à l'éventer avec un livre d'algèbre. Quand j'ai vu qu'il allait lui faire le bouche-à-bouche, je me suis approché pour lui expliquer que Neil avait du diabète. Quelqu'un est parti en courant lui chercher du jus d'orange, et dès qu'on a porté le verre à ses lèvres, Neil a rouvert les yeux en souriant. Il n'en avait pas bu une seule goutte! C'était très drôle finalement. Enfin, jusqu'au moment où sa mère s'est pointée. J'étais assis près de lui à l'infirmerie lorsqu'elle est arrivée. Elle était bouleversée; on aurait dit que son fils était mort. Elle s'est mise à pleurer et à trembler. Tu ne peux pas savoir ce que Neil était embêté. Il était furieux contre lui-même. Je trouve que, d'une façon ou d'une autre, le Rédempteur ne fait de cadeau à aucun d'entre nous.

L'injonction que reçut Joan paraissait relativement anodine :

J.Z. Va en cours habillée en clown.

Cela n'aurait pas du tout dérangé Alison. Ça l'aurait même amusée. Mais pour une punk, une dure de dure comme Joan, toujours vêtue de cuir et de métal, c'était une insulte à son image.

— Pas question! jura-t-elle aussitôt. Ce salaud pourra faire ce qu'il veut.

Une semaine s'était écoulée depuis. Et il avait dû arriver quelque chose entre-temps qui inquiétait Joan. Elle avait voulu qu'ils se réunissent tous les sept. Les parents de Fran travaillaient tous les deux; ils avaient donc décidé de se retrouver chez cette dernière, le mercredi après-midi, après l'entraînement de Tony. C'était la première fois depuis l'accident que le groupe était au complet.

— Quelqu'un veut des cookies au chocolat faits maison? demanda Fran, qui s'affairait en hôtesse empressée autour de la table de la cuisine. Et toi, Neil? demanda-t-elle avec un sourire enjôleur, tu n'as pas à t'inquiéter pour ton poids.

Neil leva la tête et se frotta les yeux. Il sourit.

— Faits maison? Ils ont l'air fameux.

— Mais tout ce sucre... commença Tony.

— Un ou deux, ça ne me fera pas de mal.

Fran sortit une assiette chaude pleine de cookies et une brique de lait. Alison se servit aussitôt. Elle avait besoin de sucreries quand ça n'allait pas. Bon sang, pourquoi Tony avait-il choisi de s'asseoir à côté de Joan?

— Nous devrions nous retrouver plus souvent, remarqua Kipp, la bouche pleine.

— On fait des trucs tellement excitants à chaque fois, commenta Joan d'un ton sarcastique.

— J'ai vu que tu avais une nouvelle voiture, dit Alison.

Il était arrivé dans une Maverick rouge, d'un modèle plus récent que la précédente.

— Le Rédempteur n'a pas été un mal pour toi, finalement.

Tony et Neil échangèrent un regard entendu. Alison se demanda ce qui avait bien pu lui échapper. Kipp continua de se gaver de cookies comme si de rien n'était.

— L'ancienne avait une valeur sentimentale, marmonna-t-il.

Alison s'aperçut que Neil jouait avec une bague, qu'il faisait tourner autour de son majeur. L'anneau était trop grand. Elle ne lui avait jamais vu cette bague auparavant. Elle adorait les bijoux.

— Neil, je peux essayer ta bague? demanda-t-elle.

Il parut flatté.

— Je ne pense pas qu'elle t'aille, dit-il en la lui tendant.

— Mais si, regarde.

Elle avait des mains moins osseuses que celles de Neil, et la bague lui allait parfaitement. La pierre était une émeraude, taillée en triangle et montée sur or.

— Elle vient de ta famille? demanda-t-elle.

Neil hocha la tête.

— Comment as-tu deviné?

— Le vert est assorti à tes yeux. C'est magnifique, ajouta-t-elle en la lui rendant.

— Si on parlait de choses sérieuses? intervint Brenda. N'oubliez pas que je n'ai pas le droit de sortir. Il faut que je rentre avant que ma mère s'aperçoive que je suis partie. Pourquoi as-tu demandé cette réunion, Joan? On n'a pas l'impression qu'il te soit arrivé quoi que ce soit.

— Cette suggestion vient de moi autant que de Joan, intervint

60

Tony. Nous aurions dû nous réunir pour agir ensemble depuis le début, au lieu de tout faire pour nous éviter.

— Joan a-t-elle besoin de notre aide pour son costume de clown ? demanda Kipp.

— Dis-leur ce qui s'est passé, dit Tony.

Joan reposa son cookie et les dévisagea tranquillement.

— Autant vous dire franchement que ce qui m'est arrivé ne m'a pas fait rire du tout. Si j'entends l'un d'entre vous ricaner, toi en particulier, Kipp, je lui flanque cette assiette dans la figure. Hier soir, reprit-elle un ton plus bas, je suis allée me coucher vers minuit, comme d'habitude. Mes parents étaient à la maison mais ils étaient épuisés. Ils étaient allés à un bal de la police. On aurait pu tirer un feu d'artifice sans les réveiller. Ils n'ont pas entendu ce qui s'est passé et ils ignorent tout de cette histoire. Je devais être couchée depuis une demi-heure, je ne dormais pas encore, lorsque ma fenêtre a littéralement explosé. Il y avait du verre plein mon lit. J'en avais dans les cheveux et sur mon oreiller et quand je me suis assise, je me suis coupé les bras sur les éclats.

Elle roula sa manche droite et, effectivement, elle était bien écorchée.

— Mais je m'en fichais. Je me suis dit, si c'est tout ce que ce salaud de Rédempteur peut me faire, il n'y a pas de quoi s'inquiéter. J'aurais bien couru vers la fenêtre pour essayer de voir s'il y avait quelqu'un en bas, mais j'étais pieds nus et j'aurais pu me couper à cause des morceaux de verre. J'ai donc décidé d'aller allumer d'abord. L'interrupteur est près de ma porte, à l'opposé de la fenêtre. Je suis sortie de mes draps avec précaution, et j'avançais lentement lorsque j'ai senti ce... (elle fit une grimace)... cette chose monter le long de ma jambe. J'ai bondi sur le bouton de la lumière. Et là...

Joan s'arrêta pour boire une gorgée.

— Je t'en prie, continue ! s'exclama Kipp. Ce suspense me tue.

Joan lui lança un regard assassin.

— Il y avait des cafards plein ma chambre ! Ça grouillait sur mon lit, sur mes vêtements, sur mon bureau.

Elle mâchouilla sa lèvre inférieure et, cette fois-ci, ce n'était pas pour jouer les dures.

— Je n'oublierai jamais la nausée que j'ai eue.

— Ni la peur? demanda Alison.

Joan hocha la tête faiblement.

— Ouais, pour avoir la frousse, j'ai eu la frousse! (Elle prit une profonde inspiration.) J'ai passé la moitié de la nuit à tuer ces saletés de bêtes et je ne suis pas sûre de les avoir toutes eues. J'ai pris l'extincteur de mes parents. On n'a pas intérêt à avoir le feu dans les jours qui viennent!

La bande analysait le dernier tour du Rédempteur.

— Est-ce que tu as particulièrement peur des cafards? finit par demander Tony.

— Je déteste tous les insectes. Comme tout le monde, non?

— Je pense qu'effectivement aucun d'entre nous ne raffole de ces bestioles, dit Tony. Mais il y a une nuance entre ne pas les aimer et en avoir peur. A mon avis, le Rédempteur t'a attaquée sur l'un de tes points faibles.

Il leva la main pour arrêter Joan qui allait protester.

— Nous avons tous nos phobies secrètes, ne te sens pas gênée. Maintenant je sais que tu as peur des insectes parce que tu viens de le dire. Mais comment le Rédempteur le savait-il?

La question n'eut aucune réponse immédiate. Tandis qu'ils se creusaient tous les méninges, les cookies de Fran connurent une nouvelle vague d'intérêt. Seul Neil s'abstint, il buvait son lait à petites gorgées, l'air épuisé. Ce fut lui qui prit la parole le premier.

— Le Rédempteur doit bien connaître Joan. Ce ne peut être que l'un d'entre nous.

Ce fut à nouveau le silence. Ils se dévisagèrent les uns les autres, et ils semblaient tous avoir un air coupable.

— Il y a une certaine logique dans tout ça. Fran était fière de Teddy, j'étais fier de ma Maverick. Et surtout, Brenda tenait à bien jouer son rôle. Quant à Neil, il déteste que nous nous inquiétions de sa santé, Tony et moi. La dernière annonce continue dans ce sens, Joan, et, je t'en prie, ne me tape pas. Joan adore son allure de dure à cuire. Et s'habiller en clown va à l'encontre de cette image.

— Étudions ce cas en particulier, proposa Tony. Qui d'entre vous connaissait sa peur des insectes?

— Je ne pense pas que le Rédempteur se dénonce, dit Kipp.

— Mais tu as dit que le Rédempteur ne pouvait pas être l'un d'entre nous? rappela Tony.

— Je n'ai pas changé d'avis, dit Kipp. Beaucoup de gens, au lycée, savent ce qu'on aime ou pas, peut-être même des gens que nous ne soupçonnons pas. Mais je vais quand même répondre à ta question. Pour moi, Joan était plutôt du genre à aimer les insectes.

Kipp fit brusquement une grimace et se pencha pour se frotter la jambe.

— Je t'avais demandé de ne pas me taper, grogna-t-il dans un souffle.

— Tu n'as rien dit pour les coups de pied, répondit Joan.

— Je ne savais pas non plus que notre chère Joan avait peur des insectes, continua Brenda.

— On le savait, nous ! s'exclama Fran. On le savait toutes les deux, Alison et moi. Pas plus tard que l'autre jour, nous l'avons entendue crier à cause d'une araignée.

« Pas plus tard que l'autre jour », se dit Alison. Une démonstration de la phobie de Joan qui était tombée à pic ! Avait-elle fait exprès de crier en voyant l'araignée pour montrer qu'elle avait peur des insectes ? Avait-on vraiment lancé un bocal de cafards à travers sa fenêtre ?

— Joan, dit Alison, est-ce que tu t'es coupé le pied en allant allumer ?

— Tu parles ! Je me suis sérieusement amoché le pied droit.

— Je peux le voir ? demanda Alison.

— Quoi ?

— J'aimerais voir la coupure.

— Tu me traites de menteuse ? répliqua Joan.

— Pas encore.

Joan fulmina quelques instants, puis elle se pencha et retira sa botte droite. Son talon disparaissait sous une bande qui faisait plusieurs fois le tour de sa cheville.

— T'es contente ?

— Non, dit Alison. N'importe qui peut mettre une bande. Tu ne boitais pas en arrivant. Enlève-la.

— Non, mais t'es malade ! T'aimes ça, les plaies sanguinolentes ?

— Alison essaie simplement d'en savoir plus, intervint doucement Tony. Je comprends que tu n'aies aucune envie d'exposer ta coupure à l'infection, mais il est aussi important d'éliminer les suspects que de les découvrir.

Joan le regarda, stupéfaite.

— Elle te fait vraiment marcher au doigt et à l'œil. Tu répètes déjà tout ce qu'elle dit comme un perroquet. Je sais que vous êtes sortis ensemble, tous les deux. Elle n'a pas pu s'empêcher de le raconter à tout le lycée.

— Je ne suis pas un perroquet, rétorqua Tony d'une voix cassante en la fixant droit dans les yeux.

Joan détourna les yeux d'un air mauvais.

— Remets ta botte, ajouta Tony, on pourra aller vérifier ta fenêtre après notre réunion.

— Pas la peine, ricana-t-elle. Je l'ai déjà réparée. Toute seule.

— Comme par hasard, marmonna Alison.

— C'est ma fête, aujourd'hui, ou quoi ? demanda Joan d'une voix tremblante.

Le ton de Tony avait dû la toucher. Alison éprouva une pointe de remords. Minuscule.

— J'étais venue pour aider, ajouta Joan d'une toute petite voix.

Tony, radouci, lui pinça gentiment le bras.

— Nous n'aurions pas dû nous acharner sur toi. C'est ma faute, et je suis désolé. Nous essayons seulement d'en apprendre le plus possible. Revenons à cette histoire d'insectes.

— Je savais que Joan en avait peur, dit Neil. Mais je ne sais plus trop comment.

— Qui savait que je tenais à ma voiture ? demanda Kipp, par pur principe. Toute l'école. Qui savait que Brenda tenait à son rôle dans la pièce ? Toute l'école. Je vais te dire, Tony, ce n'est pas comme ça qu'on y arrivera. D'accord, le Rédempteur nous connaît bien. Mais nous devrions plutôt chercher du côté de nos ennemis.

— Qui déteste Joan ? marmonna Joan. Toute l'école.

— Joan ! protesta Tony en plissant le front. Je t'ai dit que je regrettais.

— Je t'aime, Joan, dit gentiment Neil.

La réflexion fit visiblement très plaisir à Joan.

— C'est parce que tu es vraiment un type génial, Neil, répondit-elle.

— Pourrait-il y avoir quelqu'un qui nous déteste tous, à votre avis ? demanda Tony, essayant de maintenir la discussion sur ses rails.

— Joan, laissa échapper Kipp en écartant brusquement sa chaise de peur de recevoir un autre coup de pied.

Tout le monde éclata de rire, même elle.

— Peut-être que c'est cet homme qui nous déteste, interrompit Neil.

— Qu'est-ce que tu veux dire ? demanda Fran, les yeux écarquillés.

— Ne remets pas ces absurdités sur le tapis, protesta Kipp.

Neil haussa les épaules.

— Laisse parler Neil, dit Fran. Vous croyez tout savoir. J'ai vu plein d'émissions à la télé, des documentaires sur des choses étranges qui sont arrivées à des gens. En fait, on a découvert que des forces obscures s'acharnaient sur eux. Peut-être que cet homme...

— Ça n'existe pas, les forces obscures ! la coupa Tony. Ceux qui en parlent ne cherchent qu'à vous faire peur pour vous extorquer de l'argent. Cet homme est mort, ajouta-t-il.

— Pas dans nos mémoires, renchérit Neil.

Et comme d'habitude, ses mots, plutôt modérés, leur parurent chargés d'une force incroyable.

— Nous sommes encore hantés par son souvenir. Vous trouvez ça normal ?

Il se tourna vers son meilleur ami, et Alison put lire la douleur dans son regard.

— Tony, cette conversation ne nous mène nulle part. Mais si nous assumons ce que nous avons fait, nous pourrons nous débarrasser de l'emprise que le Rédempteur a sur nous. Nous pouvons être libres. En allant trouver la police pour leur dire que nous avons fait une bêtise. Cette histoire me tue. Je t'en prie, Tony, va leur dire que nous sommes désolés.

Tony se leva et alla à la fenêtre. Une portière de voiture venait de claquer, et il voulait probablement voir si c'était la mère de Fran qui rentrait. Alison le dévisagea, sans savoir ce qu'elle attendait de lui, espérant seulement qu'il prendrait la bonne décision.

— Je ne peux pas, finit-il par dire. C'est trop tard.

— Et que ferons-nous si le Rédempteur fait vraiment du mal à l'un d'entre nous ? demanda Neil.

— Alors, ce sera entièrement ma faute, répondit Tony.

— Tout ce qu'on peut espérer, c'est démasquer le Rédempteur, dit Kipp.

— Nous allons le tuer, lui aussi ? demanda Neil d'une voix triste.

8

Tony passait toujours un long moment à s'échauffer avant une course, mais avant de mettre le pied sur la ligne de départ, il courait toujours deux ou trois kilomètres et faisait plusieurs sprints. Ses coéquipiers trouvaient qu'il mettait trop de zèle à s'échauffer, surtout que cela le faisait tellement transpirer qu'il avait besoin de boire avant de courir et, à leur avis, c'était le meilleur moyen pour attraper une crampe. Mais son estomac semblait ne pas en souffrir. Tony prenait toujours la même marque de limonade, vendue dans des petites bouteilles en plastique transparentes et que l'on ne trouvait que dans certaines épiceries. Trottinant vers sa glacière, au milieu du terrain, il avait particulièrement soif. Le soleil avait transformé le ciel en fournaise.

— Comment te sens-tu ? demanda Neil, assis derrière la glacière.

Il venait à toutes les compétitions. Il notait les résultats, mesurait les distances au lancement du poids, et replaçait la barre pour le saut en hauteur et le saut à la perche. C'était un fanatique d'athlétisme et, ce jour-là, il n'était pas le seul. La rencontre de la journée était la plus importante de l'année. Le stade était comble.

— C'est à mon moral ou à mon physique que tu fais allusion ? demanda Tony.

Trois jours après que Joan eut arboré son costume de clown, à la jubilation de toutes les terminales, Tony avait à son tour reçu la lettre de la chaîne et le lendemain, l'annonce était parue dans le journal :

T.H. Arrive le dernier aux prochaines courses.

C'était une compétition contre Crete High, qui était ex æquo avec Grant High pour la première place dans le championnat. S'il ne gagnait pas les deux courses, Grant High perdrait certainement le titre. L'entraîneur Sager avait déjà noté au crayon les dix points que son équipe devait marquer pour gagner. C'était simple ; Tony ne pouvait pas perdre.

Il avait un torticolis à force de surveiller ses arrières.

— Aux deux, répondit Neil en ramenant ses genoux contre sa poitrine.

Neil semblait aller mieux aujourd'hui, et Tony en fut ravi.

— En pleine forme, répondit Tony en ouvrant la glacière pour prendre sa limonade.

Il y avait quatre bouteilles pour lui, posées sur de la glace. Il était bien le seul à aimer ce truc-là. Il déchira la capsule d'aluminium et renversa la tête en arrière, s'apprêtant à vider la bouteille d'une seule traite. Neil posa une main sur son bras pour l'arrêter.

— Laisse-moi goûter. On ne sait jamais.

— Tu plaisantes ?

Neil lui prit la bouteille.

— Juste une gorgée, pour être sûr que c'est O.K.

Il prit une gorgée et la fit tourner dans sa bouche avant de l'avaler en faisant la grimace.

— C'est amer.

— C'est de la limonade, bon sang !

Tony lui reprit la bouteille et la vida d'un coup. Il se pencha pour en prendre une seconde mais se ravisa. Il sentait comme un arrière-goût dans la bouche. Mais non, il devait encore se faire des idées. Néanmoins, il s'arrêta là.

— Où sont les autres ?

— Ils gardent leurs distances. Ils ont peur que la terre ne s'ouvre pour t'engloutir, rit Neil. Je plaisante. Kipp et Brenda étaient là il y a deux minutes à peine. Je leur ai dit que tu préférais être seul avant la course. Ils sont quelque part dans les tribunes. J'espère que tu ne m'en veux pas d'avoir dit ça. J'ai d'ailleurs dit la même chose à Alison.

Bien que son ami ait l'air tout à fait désinvolte, Tony sentit une certaine animosité dans sa dernière phrase. Il n'aurait jamais voulu porter un coup pareil à Neil, et pourtant il était sorti avec Alison. Autant le reconnaître, il était un salaud. Mais le problème était qu'avec Alison, il avait découvert pour la première fois une fille qui s'intéressait vraiment à lui, sans qu'il ait besoin d'en rajouter. Il était tout bêtement heureux quand elle était là. Mais son bonheur était gâché par son sentiment de culpabilité. C'était ce qu'il avait voulu faire comprendre à Alison, l'autre soir dans la voiture. S'il n'avait pas parlé, c'était uniquement par respect pour Neil. Il ne voulait surtout pas risquer de le blesser.

— J'aurais dû te dire que j'étais sorti avec elle, dit Tony. J'avais l'intention de le faire.

— C'est pas grave. Tu ferais mieux de continuer à t'échauffer. Le départ...

— Si, c'est grave. Je t'ai pris en traître. Mais... je n'avais pas du tout l'intention de sortir avec elle. C'est arrivé comme ça, tu sais.

— Tu t'es bien amusé? demanda Neil, l'air sincèrement intéressé.

Tony hésita.

— Oui.

— Est-ce que tu vas la revoir?

Tony s'assit sur la glacière et se mit à bâiller. Cette fatigue soudaine devait être due au soleil. Il était vidé comme s'il venait de courir ses épreuves et qu'il était à bout de souffle.

— Pas si tu me dis que tu ne veux pas.

— Si tu t'es bien amusé, pourquoi pas?

— Neil...

— Jamais je ne te dirais ce que tu dois faire.

« J'aurais bien aimé que tu le fasses l'année dernière », pensa Tony. Presque involontairement, il se mit à scruter les gradins à la recherche d'Alison. Il vit des douzaines de mains qui s'agitaient vers lui mais personne qui lui ressemblât. Aussi idiot que cela puisse paraître, elle était une des raisons qui le poussaient à défier le Rédempteur : il voulait briller devant elle.

— Quand vas-tu faire soigner cette jambe? demanda-t-il, comme si c'était en rapport avec ce qu'ils disaient.

— Bientôt. Pourquoi?

— Pour qu'on coure ensemble.

— Je ne pourrais pas te suivre.

— Tu n'aurais aucun mal aujourd'hui. Je ne me sens pas très bien.

— Mais tu viens de me dire que tu étais en pleine forme? La limonade! s'écria Neil en se penchant vers la bouteille vide. Peut-être qu'il y avait quelque chose dedans.

Tony éclata de rire.

— Arrête ! Je ne me sens pas très bien à cause de ce que je t'ai fait. J'aurais préféré que tu piques une colère contre moi.

Neil l'écoutait à peine.

— Une autre fois, peut-être, dit-il en lui montrant la ligne de départ.

Une demi-douzaine de jeunes gens en tenue de course colorées retiraient leurs survêtements. Crete High avait un coureur qui n'avait pas encore perdu le 400 mètres cette année. Un Noir trapu et costaud. Tony le voyait aller et venir sur la deuxième piste. Il savait qu'il allait le moucher.

— Tu ferais bien d'y aller, remarqua Neil.

— Tu viendras m'encourager ? demanda Tony en se levant.

— Seulement si tu gagnes, le taquina Neil.

Pendant que les autres concurrents se battaient avec leurs starting-blocks, Tony attendit patiemment sur la ligne numéro un, juste derrière le trait blanc, en respirant lentement et profondément. Il avait le premier couloir, avec donc l'inconvénient des virages serrés, mais il choisissait toujours cette position car elle lui permettait de bien voir ses adversaires. Il resterait derrière Gabriel, le type de Crete High, jusqu'au dernier virage. C'est là qu'il le laisserait sur place. Il comptait sur son sprint final. Il devait s'économiser pour le 800 mètres. Il enleva son survêtement en bâillant et posa son pied droit un centimètre en deçà de la ligne.

— Attention au départ, messieurs, dit le starter, un petit homme gras avec un cigare qui lui pendait au coin des lèvres.

« Prêts !

Tony inspira et bloqua sa respiration, regardant dix mètres devant lui. Il crut entendre Alison crier son nom et sourit juste au moment où le coup de feu éclata. Sa distraction lui coûta un dixième de seconde.

Gabriel courait comme un lièvre. Il devait être très sûr de sa résistance. Tony était à deux foulées derrière lui au premier virage. Et il avait du mal. Il avait beau s'entraîner, il y avait certains moments où il n'avait aucun ressort. Il sentit qu'il était dans un de ses mauvais jours avant même de finir le premier tour. Mais cela ne le préoccupait pas particulièrement. Il avait tellement confiance en sa condition physique qu'il était encore certain de gagner.

Pourtant, lorsqu'ils se redressèrent dans la ligne droite, il vit qu'il n'avait pas gagné de terrain sur Gabriel. Il commença à s'inquiéter. Il était hors d'haleine et il n'arrivait pas à trouver son rythme. Il allait devoir se donner à fond pour que leur écart diminue.

Le dernier virage lui fut un supplice. Chaque respiration resserrait un peu plus l'étau de feu qui lui étreignait les poumons. Il devait couver quelque chose, se dit-il. Il réussit néanmoins à attaquer la dernière ligne droite à seulement une foulée de Gabriel. C'était exactement ce qu'il voulait. Mais le problème, c'est qu'il n'arrivait pas à dépasser cet abruti. Ses jambes étaient tétanisées. Il força davantage sur ses bras, c'était sa seule manière d'arriver à soulever ses genoux. A cinq mètres de la ligne d'arrivée, il avait réussi à être dans la foulée de son concurrent. Il n'avait pas le choix. Il se jeta sur la ligne. Le ruban ne ferait rien pour ralentir sa chute. Mais ce fut néanmoins un soulagement de le sentir claquer contre sa poitrine. Il avait gagné.

Le starter au cigare l'aida à se relever et lui tapa dans le dos en le félicitant de cette victoire à l'arraché. Ses coéquipiers lui serrèrent la main avec enthousiasme et l'entraîneur Sager alla même jusqu'à lui donner l'accolade. Tony, au bord de l'asphyxie, reçut tous ces témoignages de gratitude dans un brouillard.

Le 800 mètres avait lieu dans une demi-heure. Normalement, il faisait un jogging entre les deux épreuves. Aujourd'hui, il titubait, de plus en plus faible. Il prit une nouvelle limonade dans sa glacière. Si cette rencontre n'avait pas été cruciale, il serait rentré chez lui.

— On aurait dit que tu courais dans la boue, lui dit Neil, l'air malheureux, en lui tendant son survêtement.

Tony le prit, mais il se sentait trop faible pour l'enfiler.

— Tu vas bien ?

— J'ai connu mieux.

— Je t'ai connu meilleure mine, moi aussi. Je suis content que tu aies gagné, mais tu ne crois pas que tu devrais laisser tomber pour le 800 mètres ?

Tony se plia en deux, croisa les bras derrière ses genoux et secoua mollement la tête.

— Nous avons besoin des points.

— Alors, mets-toi au moins à l'ombre quelques minutes. Va t'asseoir sous les tribunes.

C'était effectivement une bonne idée.

— J'y vais.

— Je dois aller m'occuper du saut à la perche. Je t'en prie, ne cours pas si tu es malade. Ça ne vaut pas le coup, ajouta Neil en le quittant.

Tony laissa tomber son survêtement et se dirigea en titubant vers les gradins. Quelques spectateurs, surtout des filles, se mirent à crier son nom et il leur répondit d'un geste las. S'il s'asseyait, il risquait de s'ankyloser, mais il n'en pouvait plus. Il trouva une place libre à l'ombre de la buvette et se laissa tomber par terre. Il s'adossa au mur de béton agréablement frais et ferma les yeux. Il serait bien resté des heures assis comme ça.

Il avait dû s'assoupir. Quand il ouvrit les yeux, Alison était agenouillée à côté de lui. Elle portait un tee-shirt vert et un petit short blanc. Le vert était une des couleurs de Grant High, et le ruban vert qu'elle portait dans les cheveux lui parut le plus bel emblème qu'il ait vu de la journée. Elle se pencha pour l'embrasser sur le front.

— Tu as été merveilleux, dit-elle en souriant.

— Attention, j'empeste. (La sueur ruisselait sur ses bras.) C'est vrai ?

— Mais tu as gagné.

— J'aurais dû gagner haut la main.

Alison passa un bras autour de sa taille. Sa peau était fraîche, douce comme dans le souvenir de leurs baisers, dans la voiture.

— Je vais t'accompagner à ta voiture. Tu devrais rentrer chez toi, prendre une bonne douche et aller t'allonger.

— Il faut que je coure le 800 mètres, marmonna-t-il.

— Tu dois encore courir ? C'est de la folie, tu es crevé. Tu en as assez fait. (Elle réfléchit.) Tu fais ça pour faire le malin devant le Rédempteur ?

— Non, pour faire le malin devant toi.

Il avait bien choisi son moment pour faire sa déclaration ! Il était sur le point de vomir.

— Je me moque du nombre de courses que tu peux gagner.

Il s'était attendu qu'elle dise ça, mais il était tout de même étonné. Elle avait l'air de le penser. Elle semblait même inquiète. Il avait encore joué à celui qui veut impressionner les filles.

— Je sais, dit-il en lui prenant la main.

Il aperçut derrière elle, au centre du terrain, Kipp et Joan qui fouillaient dans sa glacière. A l'inverse de Neil, ils ne participaient pas au déroulement de la rencontre et ils n'avaient rien à faire en dehors des tribunes.

— Mais il faut que je coure. Pour mon équipe et pour mon examen d'algèbre. N'oublie pas que Sager est aussi mon prof de maths.

Il voulut se lever mais, sans l'aide d'Alison, il aurait eu du mal à y parvenir.

— Comment veux-tu gagner dans cet état ?

Il sourit.

— Je suis né sous une bonne étoile, ne t'inquiète pas.

Il passa les dix minutes suivantes à trottiner le long du terrain de foot, essayant de se remettre en jambes. Un grand type efflanqué portant les couleurs de Crete High, et qui s'échauffait près de la ligne de départ, attira son attention. Tony poussa un grognement. Il le connaissait. C'était Kelly Shield. Le type courait habituellement le 1 500 mètres, il était très fort. Crete High avait dû le mettre sur le 800 mètres pour être sûr de l'emporter. Tony se pencha pour masser ses chevilles endolories. Cette épreuve allait être encore plus dure que la précédente.

Le starter appela son numéro, et Tony se retrouva placé au couloir numéro deux. Kelly Shield était derrière lui, et cela le contraria plus que de raison. Il voyait de plus en plus trouble. Et lorsqu'il voulut s'hyperventiler comme d'habitude, il fut pris de vertige et dut tout de suite arrêter.

— Prêt !

Tony s'accroupit. La détonation le fit sursauter, au lieu de le faire bondir. Comme tout à l'heure, il avait fait un mauvais départ.

Évidemment, le rythme était moins rapide que pour le 400 mètres et il ne se sentit pas tout de suite essoufflé. D'un autre côté, il ne se sentait pas très vif non plus. Dans la dernière ligne droite du premier des deux tours de la course, il fut sidéré de voir que Kelly Shield adoptait déjà une foulée plus rapide. Et dès le virage, il eut même le culot de prendre de l'avance. Cette fois-ci, Tony n'accéléra pas. M. Shield commettait une erreur. Il s'écroulerait au second tour. Tony lança alors un œil vers le quatrième couloir où courait son coéquipier, Calvin Smith. Là, il commença à avoir des doutes. En tenant compte du décalage de leurs points de départ, Calvin était devant lui, et Calvin, en temps normal, n'aurait même pas été capable de le battre à motocyclette. Couraient-ils tous trop vite ?

Quand il passa le chronomètre, Tony entendit un temps comme il n'en avait plus fait depuis sa première année au lycée, quand il s'était foulé une cheville. Mais déjà, il n'avait plus besoin de chronomètre pour savoir qu'il n'était plus dans le coup. Tous les autres étaient devant lui, et s'éloignaient avec une facilité surnaturelle à ses yeux. Kelly Shield allait l'emporter haut la main. Tony comprit dans un éclair de lucidité, au moment où son esprit commençait à sombrer dans le brouillard, que le Rédempteur l'avait eu. Il se sentait aussi mal que s'il avait eu une double pneumonie. Il ne pouvait plus avancer, ses poumons le faisaient atrocement souffrir, il ne contrôlait plus ses mouvements. Il avait dû être empoisonné, on lui avait peut-être même jeté un sort.

« Je n'abandonnerai pas », jura-t-il intérieurement. Il était sûr d'arriver dernier, mais il voulait avoir une ultime satisfaction. Il perdrait, mais il ne serait pas battu.

Malheureusement, le sort en décida autrement. Il était à une centaine de mètres de la ligne d'arrivée, lorsqu'il se mit à zigzaguer, passant d'un couloir à l'autre. Puis, brusquement, son genou droit se déroba sous lui et il tomba. Avant de perdre conscience, il vit une foule de gens inquiets se précipiter vers lui. Le Rédempteur devait être parmi eux.

9

Alison avait toujours le trac les soirs de première. Tant de choses pouvaient lui arriver : rater une entrée, oublier une réplique, se prendre les pieds dans le tapis ou avoir le hoquet. Et ce soir, en plus, elle risquait de se faire tuer. L'annonce du Rédempteur était claire :

A.P. Trompe-toi dans tes répliques, ce soir.

Pas question. Plutôt crever.

— Qu'est-ce que j'ai peur! chuchota Fran.

Elles se tenaient dans l'ombre des coulisses, entendaient les spectateurs qui prenaient place de l'autre côté du décor de la salle à manger. Le lever de rideau approchait.

— Et si jamais mes décors leur déplaisaient?

— De toute l'histoire du théâtre, on n'a jamais vu le public siffler les décors, dit Alison. Au fait, c'est gentil de t'être enfin décidée à les rapporter. C'était assez déprimant de répéter sans eux.

— Deux minutes, murmura M. Hoglan, qui se déplaçait comme un fantôme dans le noir.

Il avait remplacé Brenda le jour même où il l'avait renvoyée. La nouvelle Essie était debout dans un coin, une lampe de poche à la main, plongée dans une ultime révision de son texte. Alison avait de la peine pour elle.

— M. Hoglan, avez-vous retrouvé vos clés? demanda Alison.

Il se plaignait de les avoir égarées depuis le milieu de la semaine. Pour elle, c'était un mauvais présage.

— Pas plus tard que cet après-midi, répondit-il, le regard pétillant. Elles n'ont jamais dû quitter mon bureau. Je ne comprends pas comment j'ai fait mon compte. Je sens que tu vas être formidable, ce soir, ajouta-t-il en lui tapotant affectueusement le bras.

— Merci.

Et si le Rédempteur avait fait un double des clés? Et s'il avait mis une bombe? Elle regrettait que ses parents aient tant tenu à venir ce soir. Mais comme son père devait bientôt partir à New York en voyage d'affaires, ils avaient préféré voir la pièce tout de suite plutôt que risquer de la manquer.

M. Hoglan partit encourager la nouvelle Essie. Alison et Fran se retrouvèrent seules à nouveau.

— Toute notre petite bande est là? demanda Alison. Pour assister au dernier sacrifice?

— Je n'ai vu ni Brenda, ni Kipp, ni Joan. Mais Tony et Neil sont là. (Son regard s'illumina.) Neil est assis au premier rang!

— Lui as-tu parlé?

— Non. Je ne peux pas.

— Comment espères-tu le séduire si tu ne lui parles pas?

La réponse de Fran la surprit.

— On ne peut pas parler et embrasser en même temps.

— Touché! Maintenant, laisse-moi, il faut que je me prépare psychologiquement.

Fran avait l'habitude de travailler avec des actrices caractérielles et elle ne se vexa pas. Mais, quand elle fut partie, Alison se retrouva seule dans le noir. Le reste de la troupe était déjà en place près des accès à la scène et elle ne voulait pas les déranger. Elle faillit rappeler son amie.

Elle pensa à Tony qui s'était fait avoir devant deux mille personnes. Alison s'en voulait encore de l'avoir laissé courir la deuxième épreuve. Elle savait qu'il était malade ; il le lui avait dit. Elle aurait dû aller trouver Sager, l'entraîneur, et insister pour qu'on retire Tony de la course. Elle avait hésité parce qu'elle savait que Tony n'appréciait pas qu'on se mette en travers de son chemin. Elle ne connaissait personne capable de l'effort qu'il avait fourni dans le 800 mètres. Sa volonté l'effrayait presque.

Alison entendit le rideau s'ouvrir et les premières répliques lancées par sa « mère », mais son esprit était revenu au stade et à la foule affolée. Lorsque Tony s'était mis à tituber, les bras battant l'air comme pour s'y raccrocher, elle avait fondu en larmes, elle qui n'avait pas pleuré depuis l'été précédent. Peut-être que le Rédempteur avait fait tout ça uniquement pour leur rafraîchir la mémoire...

Les organisateurs de la rencontre et les entraîneurs avaient empêché la foule d'approcher Tony, qui gisait inconscient sur la piste. Quand l'ambulance était arrivée et qu'on l'avait emmené sans même l'examiner, elle l'avait cru mort. Si Neil ne l'avait pas prise par le bras, elle serait peut-être restée à errer sur le stade jusqu'au coucher du soleil.

A l'hôpital, c'était la cohue. Mais pour Tony, la moitié du lycée s'était déplacée. Et tout cela dans un calme exemplaire. Quand le médecin était venu leur annoncer qu'il était vivant et qu'il allait vite se rétablir, une véritable ovation lui avait répondu. La plupart étaient alors repartis, mais elle était restée à attendre avec ses malheureux comparses. C'étaient les parents de Tony qui leur avaient finalement communiqué le diagnostic.

On avait mis de la codéine, un puissant calmant, dans les aliments de Tony ou dans la boisson. Neil parla de la limonade à laquelle il avait trouvé un goût bizarre, mais lorsqu'il retourna au lycée pour y chercher la glacière, il la trouva vide. La police fit une enquête, mais aucun de ceux qui auraient pu leur indiquer le mobile (c'est-à-dire aucun d'entre eux) ne parla.

Crete High avait gagné la rencontre de deux points.

Tony avait subi un bon lavage d'estomac et on l'avait laissé rentrer chez lui le lendemain matin.

« Dieu est l'État, l'État est Dieu », entendit alors Alison, à sa grande stupéfaction.

Quoi ! Il y avait déjà dix minutes qu'elle rêvassait ! On avait dû lui donner de la codéine, à elle aussi. Elle devait faire son entrée dans quelques secondes ! Vite... Où était le script ? Quelle était sa première réplique ? Que faisait-elle ici ?

« C'est le trac », se dit Alison en riant. Elle connaissait bien cette angoisse de la dernière seconde. Elle entendit le bruitage d'une porte qu'on ouvre et qu'on referme. Elle s'arrêta un instant, prit une profonde inspiration et avança sous les feux de la rampe.

— « Et la belle princesse entra dans le palais », dit-elle, laissant sa tension transparaître dans son personnage qui devait être un tantinet nerveux.

Elle embrassa la mère d'Alice, son père, son grand-père, en disant :

— « Et elle embrassa sa mère, son père et son grand-père. »

La magie avait commencé. Elle ne jouait pas la comédie, elle s'abandonnait totalement à son personnage. Évidemment, cela comportait toujours une part de risque. Qu'arriverait-il si elle se laissait entraîner par sa fougue et si celui qui devait lui donner la réplique passait aux abonnés absents ? Et il ne fallait pas non plus commettre certaines erreurs. Comme regarder les spectateurs. Le danger n'était pas de les voir, mais de se demander qui ils étaient et ce qu'ils pensaient d'elle. Et c'était particulièrement difficile ce soir, car elle savait que Tony la regardait. Dès qu'elle cessait de parler, ses pensées se concentraient sur lui. Et pour tout arranger, l'amoureux d'Alice dans la pièce s'appelait également Tony. Mais il n'était qu'un pâle reflet de l'original.

Sa première scène, au cours de laquelle elle parlait à sa famille de son nouvel amour et de son intention de sortir avec lui le soir même, se passa sans anicroche — enfin, en ce qui la concernait. La remplaçante de Brenda dans le rôle d'Essie sauta deux répliques, dont une question qu'elle devait poser à Alice. Alison l'avait sauvée en se posant elle-même la question et en y répondant.

— « Et je parie que tu aimerais savoir s'il est beau ? Eh bien... oui, si l'on veut... »

76

En attendant la réplique suivante, Alison entendit un glousse-
ment qui venait du premier rang. Brenda riait des malheurs de
sa pauvre remplaçante.

Alice devait aller s'habiller; Alison monta donc l'escalier qui
s'arrêtait à la cinquième marche pour redescendre de l'autre
côté. Elle se tint dans le noir, en coulisse, près de la porte
d'entrée. Elle devait crier deux fois : « Est-ce M. Kirby,
maman? » mais, cela mis à part, elle avait quelques minutes de
repos. Elle planait autant que le cerf-volant qu'ils avaient fait
voler, Tony et elle, l'autre soir. Il lui avait avoué qu'il avait voulu
l'épater lors de la rencontre d'athlétisme et elle aussi voulait
l'épater, par sa façon de jouer. Elle voulait lui plaire. A tout prix.

— Comment as-tu trouvé la façon dont j'ai arrangé les petites
peintures au-dessus de la cheminée? chuchota Fran, surgissant
de l'ombre.

— Pendant toute la scène, je n'ai vu que ça! ricana Alison.
Quelle question! Tu aurais pu accrocher la couverture de *Play-
boy* au beau milieu que je n'aurais rien vu.

La patience de Fran avec les actrices caractérielles devait avoir
des limites. Elle était vexée.

— Brenda a raison. La seule chose qui t'intéresse, c'est jouer
les vedettes, lança-t-elle en tournant les talons.

« Désolée! » se dit Alison. Ses amis la considéraient-ils vraiment comme une égocentrique? C'était bien possible. Et assez
démoralisant. Mais ce n'était pas le moment de s'en préoccuper.

La scène où elle sortait son petit ami des griffes de ses parents
excentriques se déroula également sans problème. Arrivait maintenant la grande scène d'amour. Le jeune homme qui jouait
Tony s'appelait Carl Bect. C'était un assez joli garçon, brun, fort,
à peu près de sa taille, mais il avait sur scène des gestes pompeux, et avait tendance à parler entre ses dents. Il n'existait pas
la moindre attirance entre eux deux, M. Hoglan le savait, mais il
n'avait pris Carl qu'en désespoir de cause. Le plus drôle, c'était
que ce garçon se croyait particulièrement doué pour la comédie.
Alison se demanda ce que le vrai Tony allait penser quand elle
embrasserait Carl. Ça la dégoûtait à chaque fois. Carl avait mauvaise haleine.

Pourtant, dès qu'elle revint sous les projecteurs, elle se glissa
aisément dans le personnage d'Alice et, l'espace de quelques instants, elle trouva Carl désirable.

— « Je me suis laissé entraîner parce que je vous aimais... »

Les répliques étaient parfois un peu à l'eau de rose, mais que diable, ça ne coûtait que deux dollars l'entrée !

Ils décidaient de se marier. C'était inévitable ; c'était dans le texte. Elle raccompagnait Carl à la porte, elle l'embrassait pour lui souhaiter bonne nuit et elle revenait au salon, flottant sur un petit nuage. Toujours sous le charme, elle s'appuya nonchalamment contre le mur, à l'endroit où elle s'était appuyée la veille, lors de la répétition. D'accord, le décor était en toile et, évidemment, il n'était pas fait pour supporter une lourde charge. Mais elle s'appuya à peine.

Pourtant, le mur tomba. Et Alison avec.

Sans comprendre ce qui lui arrivait, elle heurta le sol brutalement. Une douleur lui traversa la poitrine, lorsqu'elle roula sur le dos en entendant un bruit de toile déchirée et le cri du public. L'autre partie du mur de la salle à manger se balançait au-dessus de sa tête. Son regard fut attiré par un éclat métallique, là où le mur et le plafond auraient dû se rejoindre. C'était une chaîne en acier inoxydable avec laquelle Fran avait hissé les lumières du plateau. Elle refusait de céder sous le poids, mais elle pesait sur un petit câble qui retenait les éclairages de scène, et lui ne résista pas. Il claqua d'un coup sec, et la lourde rampe de spots tomba directement sur Alison.

Elle n'avait pas le temps de s'écarter. Instinctivement, elle tendit les bras. Ses mains heurtèrent une grosse ampoule jaune qui vola en éclats ; elle sentit le verre lui entailler les doigts et une pluie d'escarbilles tomber sur ses yeux fermés. Et soudain une décharge lui transperça le corps. Elle avait dû toucher un fil dénudé. Hurlant d'horreur et de douleur, elle repoussa la barre, et se coupa profondément. Le sang de ses mains goutta sur son costume.

Tony arriva le premier à son secours. Saisissant la rampe de spots, il l'écarta rageusement.

— C'est ma faute, dit-il, le visage blême, en l'aidant à se relever tandis que la foule s'amassait derrière lui.

Elle allait certainement pleurer, tout à l'heure, mais là, tout de suite, elle ne put s'empêcher de rire. Elle retrouvait dans ce dernier tour du Rédempteur le même humour noir que dans les autres.

— On dirait que je me suis trompée dans mes répliques, finalement, dit-elle.

10

La boucle était bouclée. Comme le Rédempteur n'avait pas parlé de recommencer, Alison se garda bien de renvoyer la lettre à Fran. Et elle fit ce que Brenda avait voulu faire dès le début : elle déchira la lettre en mille morceaux. Le geste était purement symbolique, et elle le savait.

Leur ennemi passa à la seconde colonne sans qu'ils puissent intervenir. Le lundi qui suivit le fiasco de la pièce, Fran reçut une lettre verte dans une enveloppe violette. Elle avait été postée dans les environs et le tampon portait la date du vendredi après-midi. Ce salaud savait déjà que les lumières du théâtre joueraient leur rôle.

Mes très chers amis,

Je ne peux plus dire que vous ne me connaissez pas. Ces dernières semaines nous ont permis de nous découvrir mutuellement. Cette intimité me stimule et m'écœure à la fois. Car, tout en étant plus à même de partager votre enthousiasme pour les épreuves qui vous attendent, je me sens souillé par le mal que vous avez fait. Mais cette situation ne va pas durer. Le sablier est presque vide maintenant.

Vous trouverez au bas de cette lettre la liste de vos noms. Vous recevrez vos ordres comme précédemment. Il ne vous restera plus qu'à faire passer vos noms de la colonne II à la colonne III. Étant donné la nature délicate de vos tâches, les annonces seront désormais codées, ainsi qu'il convient dans une société secrète comme la nôtre. En partant de la première lettre, gardez-en une sur trois pour connaître votre épreuve.

Certains d'entre vous ont voulu me défier. L'expérience vous a appris combien cela pouvait être désagréable. Vos missions étant désormais plus excitantes, votre châtiment, si vous me tenez tête, sera tout aussi grisant. Vous voilà prévenus.

J'ai cru comprendre que vous pensiez que j'étais l'un d'entre vous. Que ceci soit douloureusement clair : ce n'est pas le cas.

Amitiés,

Votre Rédempteur.

Colonne I	Colonne II	Colonne III
------------	Fran	------------
------------	Kipp	------------
------------	Brenda	------------
------------	Neil	------------
------------	Joan	------------
------------	Tony	------------
------------	Alison	------------

L'annonce, telle qu'elle parut dans le *Times* le jour même où ils reçurent la lettre, se présentait ainsi :

Fran :

CAYOVLUKRRPUSZHTYLOPIUCETENEHRNIIUPR
ELUDMOAQMNASSTILTAAYVCLEOZJURNRAODE
NUYILJSYMYCTNEWOEQTPIEEJCNEIDULAKON
EPTAALOLEMRDGEETVJJUEEOUCRNXTEJARZV.

Après l'avoir déchiffrée, grâce au code, on pouvait lire : « Cours toute nue dans la cour du lycée pendant le déjeuner. »

Alison était seule avec Fran, dans sa cuisine. L'enveloppe violette et la lettre verte étaient posées sur la table, près du journal. Alison venait juste de communiquer à Tony, par téléphone, les dernières instructions du Rédempteur. D'ici dix minutes, tous les autres seraient au courant. Fran pleurait.

— Tony va aller aux bureaux du *Times*, cet après-midi, pour essayer de savoir qui fait passer ces annonces, dit Alison.

Elle but une gorgée de Pepsi. Elle avait laissé tomber le Coca diététique. Pourquoi s'inquiéter de quelques misérables calories alors qu'un cinglé allait certainement l'exécuter avant la fin des cours ?

— Il nous appelle dès qu'il a du nouveau.

De l'air chaud arrivait par la porte d'entrée restée ouverte. Elles étaient seules dans la maison. Une horloge sonna deux heures à l'étage. Fran leva son visage inondé de larmes.

— Je ne peux pas faire ça.

— Et si tu mettais un masque ? suggéra Alison, très sérieusement.

Depuis qu'elle avait lu ce message, elle se demandait si elle-même aurait le courage de traverser le lycée toute nue pendant l'heure du repas. Et, à choisir entre le faire ou mourir, elle n'arrivait pas à se décider. Sa seule certitude, c'était qu'elle était bien contente de ne pas être dans la peau de Fran.

— Tout le monde me reconnaîtra. Personne n'a des cheveux comme les miens.

— Tu pourrais les attacher, ou même les couper, et puis, effectivement, mettre un masque. Le Rédempteur ne m'a pas paru inflexible à ce point.

— Mais je devrai le faire quand même, gémit Fran. Et on ne me laissera pas m'enfuir comme ça. Je ne cours pas très vite. Il y aura bien un des gorilles de l'équipe de football pour m'attraper et m'arracher mon masque.

— Là, tu as probablement raison.

Alison se mit machinalement à tambouriner sur la table du bout des doigts, comme elle le faisait chaque fois qu'elle réfléchissait intensément. Les pansements de ses doigts l'arrêtèrent. Pour la représentation de samedi soir, elle avait joué Alice avec des gants. La représentation du vendredi n'avait, évidemment, pas dépassé l'acte I. Elle avait été soignée par le médecin qui s'était occupé de Tony. Ils allaient certainement avoir l'occasion de le revoir.

— Tu sais, Fran, tu n'es pas mal fichue. Serait-ce si terrible que tout le monde te voie?...

— Non! Je ne peux pas faire ça! Tu ne comprends donc pas? Pourquoi ne fais-tu rien pour m'aider? Tu es censée être mon amie!

Elle fondit en larmes. Alison se sentit submergée de pitié. Elle se mit à lui caresser les cheveux comme elle l'aurait fait pour un enfant.

— J'ai une idée, murmura-t-elle.

Fran releva la tête en reniflant.

— Quoi?

— Tu n'as qu'à partir.

— Où?

— N'importe où, ça n'a pas d'importance. Dis-moi, tu m'as bien dit vendredi dernier que tes parents voulaient absolument que tu ailles voir ta vieille grand-mère à Bakersfield? Pourquoi ne l'appellerais-tu pas dès ce soir? Tu n'as qu'à dire à tes parents que tu as envie d'aller passer une semaine chez elle. Tu as fini tes examens pour le diplôme. Ils te laisseront partir.

Une lueur d'espoir éclaira le visage de Fran. Mais pas longtemps.

— Le Rédempteur me retrouvera. Il sait tout ce que nous faisons.

— Ne dis à personne où tu vas.

— Mais tu le sais !

— Je ne le dirais même pas à Tony, fais-moi confiance.

Fran réfléchit quelques instants. Et soudain son visage prit une expression sombre, presque démoniaque.

— Tu aimes vraiment Tony, n'est-ce pas ? Tu es amoureuse de lui, non ?

— Il compte beaucoup pour moi, répondit prudemment Alison. Pourquoi ?

— Comme ça.

Fran haussa les épaules et détourna les yeux. Son changement de ton n'avait pas échappé à Alison, qui devina ce qui devait se passer dans la tête de son amie.

— Tu es mon amie, Fran, et tu as des ennuis, dit-elle d'un ton calme et ferme. J'ai bien l'intention de tout faire pour t'aider. Mais si tu veux mon aide, ou celle de n'importe lequel d'entre nous, il faut absolument qu'on puisse te faire confiance.

Fran plia le journal et fit mine de se lever. Alison l'arrêta.

— Qu'est-ce qui te prend ? s'écria Fran en essayant de se dégager. Lâche-moi ! Je ne comprends pas ce que tu veux dire.

Sa réaction confirma les soupçons d'Alison. Regardant Fran droit dans les yeux, elle la lâcha. Fran resta là où elle était.

— Tu as l'intention d'aller trouver la police, c'est ça, n'est-ce pas ? demanda Alison sévèrement.

— Mais pas du tout !

— Si ! Tu espères qu'en dénonçant Tony...

— Neil a dit qu'on devrait le faire ! Et c'est quelqu'un de bien.

Alison hocha la tête.

— Mais Neil n'est pas allé trouver la police, même s'il pense que Tony devrait le faire. Il est trop honnête pour faire ça dans le dos de son ami. Il n'est pas comme toi. Si tu crois que si tu dénonces notre crime on va t'absoudre de toute responsabilité, tu te trompes.

— Tu ne me connais vraiment pas ! hurla Fran, ulcérée.

Et si c'était vrai ? Alison venait de découvrir un côté de son amie qu'elle ne soupçonnait pas. Fran était toujours en train de gémir, de s'angoisser et de pleurer. Et voilà qu'elle se mettait à hurler ! Alison ramassa la lettre du Rédempteur. Un doute germa dans son esprit. Ce n'était pas le premier.

— Tu as peut-être raison, dit-elle calmement.

Fran ne trouva rien de mieux que d'aller faire la vaisselle. Alison étudia la liste de noms en se demandant si l'ordre dans lequel le Rédempteur les avait inscrits avait une signification.

— Alors, qu'est-ce que tu vas faire ? demanda-t-elle lorsque Fran eut fini de laver les assiettes et les verres.

Fran revint vers la table en s'essuyant les mains. Sa crise d'autorité passée, elle était redevenue une adolescente inquiète.

— Ton idée me paraît bonne. Je suppose que je n'ai pas le choix.

— Tu me promets de ne pas aller trouver la police ?

Fran hésita.

— C'est promis.

— J'espère pour toi que tu ne le feras pas.

11

— Nous devons parler, dit Tony, après un long baiser passionné, dans la voiture.

— Non, protesta Alison en se serrant à nouveau contre lui, les yeux fermés.

Tony l'embrassa sur le front, puis regarda sa montre. Il était quatre heures moins le quart. La bande (à l'exception de Fran dont la cachette n'était connue que d'Alison) devait se retrouver un quart d'heure plus tard dans le vaisseau spatial du jardin d'enfants, à quinze minutes de marche de l'endroit où ils étaient garés. Tony regarda autour d'eux pour voir si personne de leur groupe n'arrivait. Si jamais Joan le surprenait à flirter avec Alison, il allait passer un sacré quart d'heure ! Et si Neil le voyait... Il préférait ne pas y penser.

— Il faut qu'on parle, reprit-il.

Avec son jean moulant bleu, sa chemise jaune et le petit air sérieux qu'elle venait de prendre, il trouvait Alison absolument craquante.

— Tu l'as déjà dit. De quoi ? De nous ?

— De nous tous. Je voudrais qu'on confronte nos idées, tous les deux. On ne pourra pas le faire quand on sera tous ensemble. Alison, qui pourrait être le Rédempteur, à ton avis ?

Elle frotta les cicatrices sur ses mains.

— Il prétend ne pas être l'un d'entre nous. Si c'est vrai, par où commencer ?

— Pourquoi a-t-il employé le mot « douloureusement » lorsqu'il a précisé ce point ?

— Je ne sais pas, Tony. Mais c'est bizarre. Quand il dit qu'il n'est pas l'un d'entre nous, je le crois.

— Si le Rédempteur est aussi compliqué qu'il le semble, sa vérité peut être tout aussi complexe et vouloir dire plusieurs choses. Il a peut-être fait une gaffe. Il n'a pas toujours respecté sa logique. Il m'a drogué avant que j'essaie de gagner les courses. Il a saboté le décor sans te laisser une chance de te tromper dans tes répliques. Comme s'il savait d'avance ce que nous allions faire. Comme s'il était l'un de nous.

Il sortit de sa poche un bout de page froissé du *Times* et le lissa. Fran n'avait pas envoyé la lettre, et pourtant Kipp en avait reçu une ce matin. Elle était identique à celle de Fran, mais le nom de la jeune fille n'y figurait plus. L'annonce correspondante était parue dans le journal, codée comme la première. Traduite, elle disait :

K. C. Dis à tout le monde que tu as triché
pour l'examen d'entrée au M.I.T.

Une telle déclaration, d'après Kipp, ruinerait sa carrière universitaire. Il refusait de la faire. Et il paraissait ne pas s'inquiéter des conséquences de son refus.

— Etudions les membres de notre bande un par un, et notons tout ce qui peut nous paraître suspect, dit Tony. Commençons par Kipp.

— Vas-y, tu le connais mieux que moi.

Tony hésita. Quelques séances de baisers, et il était prêt à confier ses soupçons les plus secrets à cette fille qu'il connaissait à peine quelques semaines plus tôt. Puis il la regarda à nouveau et décida que si c'était elle le Rédempteur, il était déjà fichu.

— Kipp est intelligent, commença-t-il. Lui, plus qu'aucun

d'entre nous, peut avoir conçu tout ça. Je trouve que son sens de l'humour un peu tordu ressemble à celui du Rédempteur. Je l'aime beaucoup, et je crois que c'est réciproque, mais il paraît complètement indifférent parfois. Je ne l'ai jamais vu mettre sa ceinture de sécurité, sauf le jour où il est rentré dans le mur. Quand nous étions assis tous les deux contre la buvette, pendant la rencontre d'athlétisme, j'ai vu Kipp et Joan fouiller dans ma glacière. Et dès le début, il s'est refusé à envisager que le Rédempteur puisse être l'un d'entre nous...

— Il a tout du coupable. Quel serait son motif ?

— Je ne vois aucun motif pour aucun d'entre nous. Parle-moi plutôt de Fran.

— Je pensais bien la connaître, mais maintenant, je ne sais plus. Fran n'a pas paru ennuyée de devoir repeindre Teddy, continua Alison. C'est elle qui a construit le décor qui s'est écroulé sous mon poids. C'est moi qui lui ai dit de partir et qui lui ai dit où aller, mais elle a pu me mettre cette idée en tête quelques jours auparavant, lorsqu'elle m'a parlé de quelqu'un qu'elle devait aller voir à tout prix. Elle est intelligente, même si elle ne le montre pas. Et surtout, elle a toujours été spéciale. Elle n'est jamais sortie avec un garçon, personne ne fait vraiment attention à elle. N'est-ce pas la description idéale de l'adolescente vengeresse des films de série B ?

— Est-ce qu'elle t'aime vraiment ?

— J'ai toujours cru qu'elle m'admirait. Mais ces derniers temps, j'ai eu un peu tendance à la rabrouer. Je m'en veux. Tu sais, ça fait bizarre de soupçonner ses amis, ajouta-t-elle en secouant la tête.

— C'est pour ça qu'on a mis tant de temps à le faire.

— Parle-moi de Neil, demanda-t-elle calmement.

— Avant, je voudrais que tu me dises si tu le suspectes.

Elle parut hésiter à lui répondre.

— Oui. Ce n'est pas qu'il ait fait quoi que ce soit de bizarre, c'est sa manière d'être : il est toujours calme, réfléchi, poli.

— Et ce sont ses qualités qui le rendent suspect ? demanda-t-il d'un ton sec.

Tony se demanda pourquoi il défendait Neil aussi farouchement. Parce que c'était son ami ? C'était une raison évidente et certainement suffisante, et pourtant, en y réfléchissant, un autre motif plus profond et plus inquiétant lui vint à l'esprit.

« Neil parle pour moi ; il dit ce que j'ai honte de dire. »

— Je suis désolée, dit Alison en lui touchant la main. Tu l'aimes vraiment beaucoup, non ?

Il hocha la tête.

— Et toi ?

— Je... Je le connais à peine.

— Que je suis bête ! dit-il en s'essuyant le front. La seule chose qui me permette de soupçonner Neil, c'est qu'il était à côté de ma glacière juste avant que je boive la limonade. En fait, c'est même lui qui l'avait mise dans la glacière.

— C'est bigrement compromettant.

— Mais il s'est toujours occupé de nos boissons.

— Pourtant...

— La police ne lui a rien reproché.

— Tony, je...

— Je suis désolé, je ne suis pas objectif, je m'en rends compte. C'est un réflexe chez moi, j'essaie toujours de le protéger. Et il me protège. T'ai-je dit qu'il avait absolument voulu goûter la limonade avant que je la boive ? Il m'a même dit de la laisser. Et puis, c'est lui qui nous a tous avertis que le Rédempteur pouvait être l'un d'entre nous. (Tony se tortilla d'un air ennuyé.) Si on passait à Brenda ?

— Elle a toujours été autant une rivale qu'une amie. Et ça lui a vraiment plu d'exécuter les ordres du Rédempteur. Elle en a même rajouté. Ces derniers temps, elle a l'air de moins bien s'entendre avec Kipp, mais je ne sais pas pourquoi. Elle est assez compliquée. J'ai cru l'entendre éclater de rire, lorsque je me suis cassé la figure sur scène.

— Intéressant, marmonna Tony. Juste avant que Kipp ne rentre dans le mur, Brenda a refusé de monter dans sa voiture. Dis-moi, tu avais confiance en elle avant cette histoire ?

— A quatre-vingt-dix pour cent.

— Qu'est-ce que tu veux dire ?

— Je ne serais pas allée jusqu'à lui confier ma vie.

— Elle était à la rencontre d'athlétisme ?

— Oui. Elle s'est beaucoup baladée.

— Sur le terrain ?

— Je crois.

— Qu'est-ce qu'elle pense de moi ?

Alison sourit.

— Tu t'en doutes, non? Brenda a un faible pour toi. Enfin, elle en avait un. Comme la plupart des filles du lycée. Elle parlait souvent de toi.

— Est-ce qu'elle continue?

— Non. Quand je lui ai dit que nous étions sortis ensemble, la première fois elle a juste dit : « C'est bien », point à la ligne. Il se peut fort bien qu'elle nous en veuille à tous les deux.

— Hum? Et Joan? continua Tony.

— Je pense que tu la connais mieux que moi, non? demanda-t-elle en le chatouillant.

— C'est un secret. Hé!

Elle lui donnait des coups de poing, et il lui fallut ses deux mains pour la maîtriser.

— Je n'ai pas l'habitude d'aller crier ce genre de choses sur les toits.

— Mais il faut que je sache, pour mon enquête, protesta-t-elle, tout en se débattant pour se libérer.

Il comprit au léger rictus au coin de ses lèvres qu'elle était ennuyée.

— Il n'y a rien à raconter.

— Tu es sûr?

— Pas de quoi me vanter, dit-il en souriant.

Il la relâcha lentement et aussitôt elle lui tapa sur le dessus de la tête.

— Il y a intérêt, dit-elle, visiblement satisfaite. Même si c'était toi qui conduisais, tout est sa faute, c'est incontestable. Peut-être qu'elle s'est dit que la vérité serait connue un jour, et elle a inventé tout ça pour qu'on fasse je ne sais quoi qui nous incrimine encore plus...

Alison s'arrêta brusquement.

— Qu'est-ce qu'il y a? s'inquiéta Tony.

— Un truc que Joan m'a dit un jour. Quelque chose qui m'a fait penser au Rédempteur. Je n'arrive pas à m'en souvenir. C'est là, sur le bout de ma langue.

— Ça te reviendra.

— Ouais, quand la lame de la guillotine s'abattra sur mon cou. Vous avez vérifié la fenêtre de Joan?

— De très près, hier soir, quand elle était dans sa chambre...

Alison réagit aussitôt, mais il s'y attendait.

— Jalouse! C'est Kipp qui s'en est occupé, et pas de l'intérieur.

Il est allé là-bas avec des jumelles, mais il n'a pas pu dire si le carreau venait d'être remplacé. Ça n'avait pas l'air. Il a découvert, par contre, que Joan porte des sous-vêtements en dentelle violets, moi je le savais déjà...

— Ho! Arrête!

Il éclata de rire.

— Mais tu démarres au quart de tour! C'est trop tentant. On ferait mieux d'y aller, ajouta-t-il après avoir jeté un coup d'œil à sa montre. Je crois que nous ne sommes pas faits pour être détectives.

— Ils ont tous l'air coupables. Tony, tu as lu *Le Crime de l'Orient-Express*? Et s'ils l'étaient tous?

— Alors, il ne nous resterait plus qu'à quitter le pays.

Il ne s'arrêta même pas à cette éventualité. Il lui était venu une autre idée qu'il prit plus au sérieux, mais il la garda pour lui.

Si le Rédempteur n'était pas l'un d'entre eux, il pouvait être *deux* d'entre eux...

La réunion tourna exactement comme Tony le craignait. Joan n'arrêtait pas de lancer des regards assassins à Alison, Kipp ne cessait de ridiculiser Joan, Brenda n'arrêtait pas de se plaindre du temps qu'ils perdaient, et Neil avait l'air triste et malheureux. Personne ne pensa à demander à Tony comment ça s'était passé au journal, et ce fut lui qui dut aborder ce sujet.

— J'espérais pouvoir parler aux employées qui avaient pris ces annonces. Je voulais leur demander si elles se souvenaient si c'était une voix d'homme ou de femme au téléphone, mais la responsable n'a pas voulu me laisser aller dans les bureaux sans une bonne raison. Et lui dire la vérité, c'était comme aller trouver la police.

— C'était bien d'essayer, dit Neil, assis sur le sable, adossé au petit mur qui entourait le vaisseau.

Il tenait une orange à moitié pelée qu'il picorait comme un oiseau.

— Les annonces ont pu être notées chaque fois par quelqu'un de différent, remarqua Kipp, étendu au bout du toboggan, la mine bien réjouie pour quelqu'un dont la vie était en danger. Ces gens-là reçoivent des milliers d'annonces par jour.

— Mais combien sont codées? demanda Tony.

— La moitié d'entre elles me sont totalement incompréhensibles, dit Kipp.

— Et tu n'as pas un peu peur? demanda Alison.

Kipp sourit.

— Je dors avec ma veilleuse allumée.

— Je ne comprends pas pourquoi tu ne veux pas avouer que tu as triché à l'examen d'entrée, dit Joan, ses jambes nues pendant à travers les barreaux du troisième étage du vaisseau. Tout le lycée sait que tu avais acheté les réponses au marché noir, ajouta-t-elle en secouant sa cendre de cigarette au-dessus de la tête de Kipp.

— J'aurais pu avoir vingt sur vingt à cet examen même après avoir bu une caisse de bière, dit Kipp qui bascula la tête en arrière. J'aime bien ta jupe, Joan, elle va bien avec tes dessous violets, continua-t-il en mettant sa main en visière devant ses yeux.

— Je ne porte pas de dessous.

— Où est Fran? demanda Brenda qui se tenait assise à l'écart. Pourquoi n'est-elle pas là?

— Elle se cache, répondit Alison, qui était assise derrière elle sur la cage à poules. Tu as oublié?

— Ah, oui. Elle est montée à... je ne sais plus où.

Alison réagit aussitôt.

— Pourquoi dis-tu qu'elle est montée?

— Hein?

— Comment sais-tu qu'elle est partie dans le Nord? insista Alison.

— J'en sais rien, rétorqua Brenda, ennuyée. J'ai juste dit qu'elle était montée comme j'aurais pu dire qu'elle était descendue.

Neil fit tomber son orange dans le sable. Il la ramassa et essaya de la nettoyer. Le fruit était fichu.

— Bakersfield n'est pas vraiment dans le Nord, dit-il d'un ton nonchalant.

Alison en resta baba.

— Comment sais-tu qu'elle est allée à Bakersfield?

Neil leva la tête, surpris, et laissa à nouveau tomber son orange. Le ton un peu dur qu'elle avait employé semblait l'avoir blessé.

— J'étais censé l'ignorer? J'en ai parlé à Brenda hier et...

— Brenda? le coupa Alison.

Tous les yeux convergèrent vers celle-ci.

— Ce sont les parents de Fran qui me l'ont dit, bafouilla-t-elle.

— Mais tu viens juste de dire que tu ignorais où elle était allée ! s'exclama Alison.

— J'ai pensé que c'était ce que tu voulais que je dise !

— Qui d'autre sait où est Fran ? demanda Tony.

Kipp et Joan restèrent silencieux.

Tony regarda vers les toilettes en bas de la colline, près du lac. Il y avait un téléphone contre le mur.

— Tu as le numéro de la grand-mère de Fran ? demanda-t-il à Alison.

— Dans mon sac. Mais je l'ai appelée hier. Elle allait bien.

— Rappelle-la, je t'en prie. Tout de suite. Prends ça, ajouta-t-il en sortant de la monnaie de sa poche. On t'attend ici.

Quand Alison fut partie, Tony étudia le visage de chacun des membres de la bande en essayant d'en trouver deux qui auraient pu fomenter cette conspiration. Personne ne semblait lui convenir, peut-être parce qu'il lui était impossible d'oublier qu'il avait eu confiance en eux.

Alison revint vite, trop vite. Sans dire un mot, elle s'assit à côté de lui. C'était inutile qu'il l'interroge.

— Alors ? demanda Kipp.

— Sa grand-mère ne sait pas où elle est, dit Alison. Quand elle s'est levée ce matin, Fran était partie.

— Elle a dû rentrer chez elle, dit Brenda.

Alison secoua la tête.

— J'ai appelé chez elle aussi.

— Elle est peut-être allée se promener, dit Joan.

— Non, soupira Alison. Elle a disparu.

12

Alison fut réveillée par un grand bruit. Elle s'assit dans son lit. Sa chambre était dans le noir mais elle pouvait voir. Ce qui ne l'étonna pas outre mesure, moins en tout cas que les coups frappés à la porte en bas. Ils étaient très forts, et la maison résonnait à chaque fois. Elle attendait que ça s'arrête, qu'on aille frapper à une autre maison, mais ça continuait. On attendait qu'elle vienne répondre à la porte.

Elle sortit de son lit. Elle avait l'impression que ses pieds effleuraient à peine le sol. A sa grande surprise, elle était encore habillée. Elle ne se souvenait pas s'être couchée, mais elle était étonnée de ne pas s'être changée. Elle le faisait toujours. Et pourquoi portait-elle les vêtements qu'elle avait l'été dernier au concert ? Ils étaient couverts de poussière. Et ses ongles étaient noirs, comme si elle avait creusé la terre avec ses mains.

Elle se dirigea vers la porte de sa chambre et sortit dans le couloir. Toutes les lumières étaient éteintes mais les murs, le plafond et le sol émettaient une faible lueur grise. Elle avait les pieds nus, couverts de poussière, mais elle n'avait pas froid. La température de la maison était difficile à estimer. Dehors, il gelait. C'était une des raisons pour lesquelles celui qui frappait voulait entrer. L'autre raison, c'est qu'il voulait sa peau. Elle savait qui il était, mais elle n'arrivait pas à se souvenir de son nom. C'était quelqu'un qu'elle ne voulait pas rencontrer dans un endroit sombre et désert. C'était quelqu'un de dangereux.

Il se mit à frapper plus fort, avec plus d'insistance, et elle commença à avoir peur. Il ne frappait pas avec ses mains. Il se servait d'un objet lourd, un objet avec lequel il pourrait lui mettre le crâne en bouillie. Elle courut vers la chambre de ses parents. La porte était ouverte, et elle jeta un coup d'œil à l'intérieur. La pièce était vide, le lit n'avait plus de draps ni de couvertures. Ses parents étaient partis depuis longtemps. Il n'y avait personne pour la protéger, personne...

Elle descendit l'escalier. Elle aurait voulu retourner dans sa chambre, fermer la porte à clé et se cacher dans son placard, mais elle savait qu'elle serait alors une cible facile. Il fallait qu'elle sorte de la maison. Une fois dehors, elle aurait tout le lotissement pour se cacher.

On frappait maintenant à la porte de derrière. Le bruit se modifia : le bois commençait à se fendre et à céder sous les coups. Elle accéléra le pas et traversa la salle de séjour. Un gaz lumineux rougeâtre avait envahi le rez-de-chaussée. Elle ne voyait pas ce que c'était ni d'où ça pouvait venir. Pourtant cela lui paraissait familier ; ça sentait l'herbe sèche et la terre aride et ça la gênait pour res-

pirer. Elle se sentait suffoquer mais elle n'entendait que les battements de son cœur et les coups sur la porte.

La porte d'entrée ne voulait pas s'ouvrir. Elle n'était pas fermée à clé, et le pêne n'était pas coincé. Elle refusait simplement de s'ouvrir. Elle se mit à paniquer, surtout lorsque les coups s'arrêtèrent. Leur bruit était terrifiant, mais leur arrêt brutal signifiait que le dernier obstacle avait été vaincu. Elle ferma les yeux et se tassa sur elle-même, attendant le coup de hache qui allait lui fendre le crâne.

Mais rien n'arriva. Personne ne traversa la salle de séjour. Tentant encore sa chance, elle s'acharna à nouveau sur la porte. Il lui arriva alors une chose horrible, encore pire que d'être réveillée en pleine nuit par le bruit d'un meurtrier défonçant les portes à la hache.

Sa main était collée à la poignée de la porte.

Elle n'arrivait pas à la décoller.

De l'autre côté, quelqu'un se mit à frapper, tout à fait poliment.

— Qui est-ce ? cria-t-elle.

— Tu le sais, répondit-on. Tu l'as toujours su.

C'était la vérité. Elle savait qui c'était, et cela la terrorisait. Elle se mit à hurler. Et la porte s'entrouvrit.

— Ne rentre pas ! haleta Alison en se redressant d'un coup dans son lit.

La lumière froide et éthérée de son cauchemar céda peu à peu la place à la douce obscurité de sa chambre. Elle étreignait sa main droite de sa main gauche. Elle desserra ses doigts et posa une main sur son front moite. Les battements de son cœur lui rappelaient désagréablement les coups sur la porte.

Le téléphone sonnait. Qu'est-ce qui l'avait réveillée, la sonnerie ou la panique ? Elle jeta un regard à son réveil et vit qu'il était trois heures du matin. Elle décrocha.

— Allô !

— Alison ?

— Tony ?

Il y eut un silence interminable.

— Il est arrivé un accident. A Kipp.

Elle sombrait à nouveau dans le cauchemar.

— Il est mort ? murmura-t-elle.

— Nous ne savons pas. (Tony semblait brisé, anéanti.) J'appelle de chez lui. La police est là.

— J'arrive.

— Non, protesta-t-il d'une voix sans force. Oh, et puis, fais comme tu veux. Mais ne parle à personne avant de nous voir, Neil ou moi.

Elle raccrocha le téléphone, les larmes aux yeux, et alors elle se souvint de son cauchemar. « Qui est-ce ? » avait-elle crié. Mais elle était incapable de se souvenir de la réponse.

Le psychopathe à la hache et le coup de téléphone n'avaient pas réveillé ses parents, et elle put sortir sans avoir à fournir d'explications. Il lui fallut plus d'une heure pour arriver chez Kipp. Deux voitures de police étaient encore garées là, avec leurs gyrophares qui tournaient. Elle passa devant la maison pour aller se garer un peu plus loin et elle regarda dans son rétroviseur pour essayer d'apercevoir Tony. Elle ne vit pas Neil approcher et, lorsqu'il frappa à sa vitre, elle manqua s'assommer contre le toit de la voiture.

— Désolé, dit Neil.

Elle baissa la vitre en se frictionnant la tête.

— Tu n'y es pour rien.

Il s'appuya à la voiture comme s'il n'en pouvait plus. Kipp habitait dans une vieille rue où l'éclairage était faible. Elle distinguait mal l'expression de Neil, mais assez pour voir qu'il n'allait pas bien. Elle vit alors, en un éclair, le visage de Kipp, dans le parc, riant au soleil en mâchonnant un brin d'herbe. Il n'était absolument pas inquiet d'être le prochain sur la liste. « Pauvre génie inconscient, que t'ont-ils fait ? »

— Tony ne m'a pas dit... commença-t-elle.

— Il devrait bientôt arriver, répondit Neil, visiblement désireux de lui épargner les détails.

Il se recula et elle descendit de voiture. Elle eut le cœur chaviré en voyant combien il boitait. Elle passa le bras droit autour de sa taille pour le soutenir.

— On est en train de se faire avoir, n'est-ce pas ? dit-elle.

Il la regarda avec ce qu'elle prit pour de la surprise, et pendant un instant il pesa de tout son poids sur elle. Elle le sentait trembler.

— On dirait, répondit-il.

Elle avait brusquement honte d'avoir pu le soupçonner.

— Je suis désolée, Neil.

— Moi aussi.

— Je voulais dire que j'étais désolée de ne pas t'avoir compris.

Il n'y avait pas de lune, mais une lueur blanche brilla au fond de ses yeux tandis qu'il plongeait son regard dans le sien.

— Alison ?

— Je regrette qu'on n'ait pas eu l'occasion de parler plus souvent, tous les deux, avant toute cette histoire. Tu es un type bien. Je voudrais... Je voudrais tant que mes rêves soient différents.

Elle tressaillit, au bord des larmes. Ce qu'elle disait n'avait aucun sens !

— J'ai fait un cauchemar, ce soir. Je l'avais déjà fait. Je suis seule, chez moi, la nuit, et quelqu'un veut me tuer, il frappe à ma porte avec une hache. Et le pire, c'est que je sais qui c'est, ajouta-t-elle en fermant les yeux.

— Qui est-ce ?

— Je n'arrive pas à m'en souvenir.

— C'est l'homme ?

— Neil, dit-elle brusquement, d'un ton presque suppliant, tu en fais, toi, des cauchemars ?

— Pas tout le temps. Je fais des rêves merveilleux, continua-t-il en levant la tête, le regard perdu dans le ciel obscur et brumeux. Ils sont pleins de couleurs, de musique et de chansons. Quand je rêve, je voudrais que ça dure toujours. Mais je suis comme toi, j'oublie, ajouta-t-il d'une voix émue, en baissant la tête. Et je fais des cauchemars, aussi.

— On ne devrait pas en parler. Ça ne sert à rien. Raconte-moi quelque chose de gai. Est-ce que j'étais... ?

« Est-ce que j'étais dans tes rêves merveilleux ? »

Elle n'eut pas le temps de le lui demander. Peut-être ne l'aurait-elle pas fait, d'ailleurs. C'était un peu osé de poser une question pareille à quelqu'un qu'on connaissait seulement pour avoir tué un étranger avec lui. A ce moment-là, Tony arriva en bas de la rue. Elle lâcha Neil qui s'appuya contre la voiture. Tony les embrassa tous les deux. Il avait les yeux secs, et lorsqu'il parla, ce fut d'une voix calme.

— Tu sais ce qui est arrivé, Ali ? demanda-t-il.

Elle secoua la tête. Le gyrophare d'une des voitures de police venait d'arrêter de tourner. Un policier sortit de la maison et regarda dans leur direction. Tony se plaça devant elle.

— Kipp a disparu. Et il a laissé derrière lui... beaucoup de sang.

La rue mal éclairée, la maison illuminée, et même Neil et Tony s'estompèrent. Elle se sentait partir ; il fallait qu'elle quitte cet endroit. Elle dut se forcer pour demander :

— Qu'est-ce que tu appelles beaucoup de sang ?

— La police pense qu'il peut être encore en vie, s'empressa d'ajouter Tony, mais nous n'en savons rien. On ne sait pas comment il a pu être maîtrisé et enlevé par la fenêtre de sa chambre. Les traces de sang conduisent du jardin à la rue. Sa mère s'est réveillée quand elle a cru entendre le bruit d'un camion qui démarrait devant la maison. C'est elle qui a trouvé le matelas plein de sang. On a dû lui administrer des calmants et la transporter à l'hôpital.

— Et comment se fait-il que tu sois ici ?

La réponse à cette question ne l'intéressait pas vraiment. La flaque de sang résumait tout. Elle voulut évoquer le visage de Kipp dans sa mémoire, mais il ne souriait plus, et son image s'estompait comme si la vie abandonnait jusqu'à son souvenir.

— Après notre réunion de cet après-midi, commença Tony, Neil et moi avions décidé de ne pas quitter Kipp des yeux. Nous l'avons raccompagné chez lui et nous sommes restés à écouter des disques et à discuter. Puis, vers neuf heures, Brenda est arrivée. Nous étions tellement anxieux après la disparition de Fran, qu'on a parlé de tout et de rien. Quand Kipp nous a dit de partir pour le laisser se coucher, nous nous sommes imaginé qu'il était en sécurité dans sa chambre, ajouta Tony en passant une main dans ses cheveux. Puis, il y a deux ou trois heures, alors que j'étais au lit, j'ai reçu un appel. C'était un inspecteur. Comme Neil et moi avions été les derniers à voir Kipp — Brenda n'était pas restée très longtemps —, il voulait nous interroger. Il voulait savoir si Kipp avait des ennemis. Je te jure que je lui aurais bien raconté toute l'histoire, mais j'ai trouvé ça sur le siège de ma voiture quand je l'ai prise pour venir ici, dit-il en tirant de sa poche une enveloppe violette.

La feuille à l'intérieur de l'enveloppe était du vert pâle habituel. Cette fois, le Rédempteur allait droit au but :

Si tu n'es pas certain qu'ils soient morts, fais ce que tu sais qu'il ne faut pas faire, et tu pourras alors en être certain.

Ton Rédempteur.

— Qu'allons-nous faire ? demanda Alison d'une voix pitoyable.
— Je ne sais pas, dit Tony. Pas encore.

13

Brenda et Alison étaient assises dans la cour déserte de Grant High, sur les bancs de bois. La cloche annonçant la fin de la pause avait sonné depuis dix minutes, et elles avaient regardé sans broncher les autres lycéens repartir en cours.
— Tu n'es pas obligée de venir avec moi, dit Brenda en repliant le journal du matin.
Comme pour Kipp, personne ne lui avait fait passer la lettre, mais elle n'avait pas été épargnée pour autant. Les noms de Fran et de Kipp avaient été supprimés mais, cela mis à part, le Rédempteur suivait ses habitudes. Décodée, l'annonce dans le journal disait :

B.P. Dis à tous les professeurs du lycée d'aller se faire voir.

Brenda avait passé la semaine dans des transes, après avoir appris les circonstances de la disparition de Kipp. C'était une bonne comédienne, mais Alison l'avait effacée de sa liste des suspects. Personne ne pouvait feindre l'angoisse qu'elle éprouvait. La seule chose qui la maintenait d'aplomb, c'était la volonté d'accomplir sa tâche.
— Je t'attendrai devant chaque classe pour te soutenir, dit Alison.
— Par qui dois-je commencer ?
Brenda avait les cheveux sales et elle n'était pas maquillée. De

plus, chose incroyable, en l'espace de quelques jours, des cheveux gris étaient apparus sur ses tempes.

— Commence par quelqu'un que tu détestes. Autant que tu te fasses plaisir. Mais ne va pas trop loin.

Brenda hocha la tête d'un air las.

— Commençons par Mme Franklin, la prof de dessin. Cette garce m'a mis un D pour une girafe que j'avais faite en troisième et qui était très jolie.

Debout derrière la porte, Alison s'attendait à un certain vacarme après l'entrée de Brenda dans la classe. Mais elle n'entendit rien, et Brenda réapparut une minute plus tard, impassible.

— Cette andouille s'est contentée de me regarder fixement comme si elle ne comprenait pas. Et les autres élèves étaient tellement plongés dans leurs peintures qu'ils n'ont rien remarqué.

Elles allèrent ensuite au cours d'histoire de M. Cleaner. Ce prof jeune, maniaque et chauve comme un œuf, avait eu le malheur de se moquer du rouge à lèvres de Brenda en seconde. Elle le détestait. Cette fois-ci, Alison laissa la porte entrouverte. A sa grande honte, elle avait vraiment envie de voir, la tête qu'il allait faire.

Brenda n'était pas encore arrivée à son bureau qu'il interrompit son cours d'un air visiblement contrarié :

— Oui, mademoiselle Paxson. Que puis-je faire pour vous ?

Brenda s'éclaircit la voix.

— Je voulais vous dire d'aller au diable.

Il n'y avait plus un bruit dans la classe. M. Cleaner fronça les sourcils et se gratta le haut de la tête.

— Vous venez faire un sermon ou quoi ? Ce n'est vraiment pas le moment.

— Non, non. Je n'essaie pas de sauver votre âme. Je vous dis d'aller vous faire voir, et j'espère sincèrement que vous le ferez.

— Dans ce cas, rétorqua-t-il, allez-y vous-même. Et pendant que vous y êtes, fichez le camp de ma classe.

Les élèves éclatèrent de rire. Le visage écarlate, Brenda tourna les talons et se précipita vers la porte. Alison la prit par le bras et la tira dehors jusqu'au coin du bâtiment où elles allèrent se cacher dans les buissons.

— Il ne dira rien au proviseur, c'est déjà ça.

— Je crois qu'il était content que je passe lui dire bonjour, fit Brenda avec un petit sourire pâlichon.

Mlle Fogleson était la victime suivante. Cette femme obèse, d'une trentaine d'années, avait une manière si particulière d'enseigner la littérature anglaise qu'on avait l'impression d'apprendre une langue étrangère. Personne ne l'aimait car on ne trouvait grâce à ses yeux que si l'on avait lu *Moby Dick, Un conte de deux villes* et autres classiques du même genre. Alison laissa encore la porte entrebâillée.

Mlle Fogleson était en train de corriger des copies, tandis que sa classe de terminale faisait semblant de lire Hemingway et Dickens. Tout était calme. Brenda venait d'atteindre son bureau, lorsque Mlle Fogleson, sans lever les yeux, lui demanda de sa voix stupide :

— Oui, que voulez-vous ?

— Je veux que vous alliez au diable ! lança Brenda d'une voix claire et forte.

La main droite de Mlle Fogleson sursauta, laissant échapper son stylo rouge qui roula sur le bureau et tomba par terre. Le professeur leva vers Brenda un regard affolé.

— Qu'avez-vous dit, mademoiselle ?

— Vous avez bien entendu. Je vous ai dit d'aller vous faire voir.

Elle l'avait parfaitement entendu : son cou gras se mit à gonfler comme un ballon de baudruche. Les élèves reposèrent leurs livres pour regarder la scène.

— Comment osez-vous ? s'exclama Mlle Fogleson, au comble de la fureur.

— Je parle simplement au nom de tous les élèves, s'emballa Brenda.

Alison ne grinça pas des dents comme elle l'avait fait pour M. Hoglan.

— Nous vous détestons tous. Vous avez un goût abominable, vous n'avez aucune patience et vous êtes affreuse !

Mlle Fogleson se dressa sur ses jambes, bouche bée.

— Vous ne pouvez pas dire des choses pareilles ! Vous allez être sévèrement punie !

— Ha ! ricana Brenda. Nous sommes dans un pays libre. J'ai le droit de m'exprimer !

Tournant sur elle-même comme une masse de gelée tremblotante, Mlle Fogleson en appela à sa classe :

— Steve, Roger, allez chercher le proviseur.

C'est alors que la situation devint vraiment intéressante. Un garçon brun, petit, qu'Alison connaissait de vue sans pouvoir lui donner de nom, se leva au fond de la classe.

— Mademoiselle Fogleson, je ne pense pas que Brenda ait commis quoi que ce soit de répréhensible. Elle n'a fait qu'exprimer son opinion. Et qui sait, peut-être n'a-t-elle pas tout à fait tort. Je suggère qu'on écoute calmement ce qu'elle a à dire, sans se fâcher.

Et il se rassit, impassible. Ce fut alors que la classe se déchaîna. Les élèves ne se contentèrent pas d'éclater de rire, comme ceux de la classe de M. Cleaner, ils se mirent aussi à sauter sur place et à jeter des objets à travers la pièce. Mlle Fogleson était comme un thermomètre plongé dans le feu, le visage écarlate, sur le point exploser. Ce fut Brenda qui reprit la situation en main.

— Si on votait? se mit-elle à crier. Que tous ceux qui pensent que Mlle Fogleson est un bon prof lèvent la main.

Les quelques mains en l'air à ce moment-là s'abaissèrent aussitôt.

— Vous voyez! Je vous disais que je parlais pour la majorité. Vous n'êtes plus dans le coup, mademoiselle. Vous devriez aller tout de suite au secrétariat donner votre démission. Merci de votre attention, conclut-elle en saluant la classe qui l'acclamait.

Brenda sortit de la classe comme une tornade, laissant derrière elle une véritable émeute, et Alison ne la rattrapa qu'au niveau de leurs casiers.

— Je pense que tu mérites une petite pause après ça, dit-elle.

— Pas de pause, dit Brenda, les yeux plissés. Les profs vont payer pour ce qui est arrivé à Kipp.

— Mais ils ne lui ont rien fait!

— Ils ne l'ont pas aidé non plus.

Fonçant tête baissée, elle se jeta sur la première porte qu'elle rencontra. Alison voulut l'arrêter, mais il était trop tard. C'était le cours d'algèbre de l'entraîneur Sager, à la célèbre devise : « Il faut les cogner jusqu'à ce qu'ils rentrent dans le rang. » Alison s'adossa au mur et ferma les yeux. Là, elle n'avait pas le courage de regarder.

Elle n'eut pas longtemps à attendre. Une main épaisse sur son épaule, un bras tordu dans le dos, le visage fermé, Brenda réapparut trente secondes plus tard, traînée par l'entraîneur Sager vers le bureau du proviseur. Au grand soulagement d'Alison,

Sager passa devant elle sans la voir. Alison se laissa glisser sur le sol ; elle n'avait plus du tout envie de rire. Un élève s'avança.

— Waouh ! s'exclama-t-il. Tu as entendu ce que la fille a dit à Sager ?

— J'imagine.

14

Il faisait horriblement chaud depuis la première manifestation du Rédempteur, mais en plus, ce jour-là, il régnait une humidité étouffante, apportée par une tempête tropicale sur la péninsule de Baja. Quelqu'un voulait-il les empêcher d'oublier qu'ils allaient bientôt rôtir en enfer ? C'était tout au moins ce que Neil ressentait. C'était son tour. Et le Rédempteur ne lui avait pas fait de cadeau :

N.H. Brûle le lycée.

Les enlèvements faisaient la une des journaux. On n'avait retrouvé ni Fran ni Kipp. La police était revenue deux fois interroger les autres, mais il y avait visiblement une mauvaise coordination entre les enquêteurs. Ils avaient interrogé Brenda et Alison au sujet de Fran, puis Tony, Neil et Brenda pour Kipp. Personne n'avait pensé à questionner Joan. Pourquoi l'auraient-ils fait ? La police ignorait l'existence de leur bande maudite.

Neil et Tony étaient assis dans la chambre de Tony, Neil sur le tabouret dans le coin et Tony par terre. La fenêtre était ouverte. Ils transpiraient tous les deux mais aucun ne buvait la boisson qu'ils s'étaient servie. Ils auraient dû parler d'un tas de choses mais ils laissaient passer le temps. Tony aurait bien voulu pouvoir s'arrêter de penser. Il ressassait sans trêve les événements qui les avaient conduits là, essayant de retrouver l'endroit où il avait raté l'embranchement qui les aurait tous ramenés en lieu sûr. Il ne voyait plus qu'une seule solution : avouer, et en assumer les conséquences. Mais maintenant, depuis les dernières menaces du Rédempteur, cette dernière porte de sortie leur était fermée.

— Comment va Brenda? demanda Tony.

— Elle est renvoyée, punie, déprimée et vivante, répondit Neil.

— C'est dans l'ordre d'importance? demanda Tony avec un petit sourire.

— Non.

— Je plaisantais. Je suis désolé, ce n'était pas drôle.

Tony s'essuya le visage avec son Tee-shirt trempé. Il pensa appeler Alison. Leur idylle était en veilleuse depuis qu'on avait trouvé des litres de sang sur le matelas de Kipp. La police avait confirmé qu'il s'agissait bien de sang humain.

— Comment va ta jambe?

— Elle me fait mal.

— Tu n'as pas encore assez d'argent pour te faire opérer?

Neil but une gorgée de jus d'orange et toussa.

— Ma mère est allée rendre visite à son frère, dans l'Arkansas. Elle ne supportait plus toute cette tension. Je lui ai donné tout ce que j'avais.

— Mais elle n'était au courant de rien?

— Elle a senti qu'il se passait quelque chose, répondit-il en prenant son verre.

Tandis qu'il le portait à ses lèvres, Tony remarqua les os de sa mâchoire qui saillaient sous sa peau blafarde. Neil ne serait bientôt plus qu'un squelette.

— Tu voulais qu'elle s'en aille au cas où il t'arriverait malheur, n'est-ce pas?

— Oui.

— Il ne t'arrivera rien. Je ne te quitterai pas d'une semelle.

Neil appliqua le verre frais contre sa joue et ferma les yeux.

— Je préfère rester seul. C'est bizarre, mais j'ai moins peur tout seul. Par contre, tu pourrais me prêter l'une des armes de ton père, ajouta-t-il en rouvrant les yeux.

Tony hocha la tête. Il avait déjà pris dans la collection de son père un revolver qu'il avait caché sous son lit. Mais ce fut un briquet qu'il alla chercher. Il régla la flamme au maximum.

— C'est faisable, dit-il en la fixant.

— Non, répondit Neil.

— Nous avons une petite pompe, dans le garage. Je pourrais aller faire le tour des stations-service avec ma voiture et revenir à chaque fois siphonner l'essence dans les bidons de dix litres qui traînent au fond du garage. On irait au lycée en voiture, disons, vers trois heures du matin, pour déposer les bidons, puis ensuite on y reviendrait à pied, et on casserait une fenêtre par bâtiment pour y répandre l'essence. Je t'assure que ça marcherait. Quand tout sera prêt, il me suffira d'une flamme et de quelques mèches pour mettre le feu. Le lycée sera transformé en brasier bien avant l'arrivée des pompiers.

— Non.

— Alors je vais le faire tout seul, bon sang!

Neil soupira et écarta une mèche de cheveux qui tombait sur ses yeux creusés de fatigue.

— Et qu'est-ce que tu feras pour moi quand je serai dans la troisième colonne?

La question était aussi honnête que résignée. Tony renversa la tête et contempla le plafond. Attendre comme ça, sans rien faire, c'était pire que tout. Non; il y avait pire encore. Neil se refusait à l'accabler, et cela le rongeait plus que tout ce que le Rédempteur était allé inventer.

— C'est moi qui t'ai mis dans ce pétrin et je vais t'en sortir, en tout cas cette fois-ci. Je vais raser ce foutu lycée. Il le mérite, de toute façon.

Neil ne dit rien. Furieux, Tony jeta le briquet contre la porte, espérant presque qu'il explose.

— Il aurait suffi d'un mot de ta part, cette nuit-là, pour que j'aille me livrer à la police. Je te le jure, un seul mot, et je n'aurais pas écouté Kipp et les autres.

— Je suis désolé.

— Ne va pas croire que je te le reproche. Comment pourrais-je te le reprocher?

— Tony? Est-ce qu'il t'arrive de penser à cet homme? lui demanda brusquement Neil.

— Je n'arrête pas d'y penser. Si nous ne l'avions pas renversé, la vie serait mille fois plus belle.

— Non; ce n'est pas ce que je voulais dire. Est-ce qu'il t'arrive de te demander qui c'était; s'il était marié, s'il avait des enfants, le genre de musique qu'il aimait, ce qu'il attendait de l'avenir?

— J'aimerais te répondre oui, mais... non.

Neil serra son verre contre lui.

— Depuis cet accident, et aujourd'hui encore, je lis le journal tous les matins en cherchant un article ou une photo sur lui. Dans les jours qui ont suivi l'accident, j'étais sûr qu'on en parlerait, qu'il devait bien y avoir au moins une personne qui le recherchait. Mais non. Rien.

— Nous avons eu de la chance.

— Non, répondit Neil d'une voix triste. Ça me met encore plus mal à l'aise que personne ne se soit inquiété de lui, à part moi.

Il posa son verre par terre et se mit à jouer avec sa bague.

— On doit se sentir très seul, enterré dans un coin où personne ne vient jamais.

— Personnellement, ça ne me déplairait pas, dit Tony, pressé de passer à un sujet de conversation moins morbide.

Il se pencha pour tirer la caisse de noyer de sous son lit et souleva le couvercle.

— Voici l'un des préférés de mon père, dit-il en sortant un revolver noir à six coups. C'est un 44 Smith & Wesson. La sécurité se trouve ici. C'est une arme dangereuse. Réfléchis bien avant d'appuyer sur la détente.

Il donna le revolver à Neil, ainsi qu'une boîte de balles. Neil regarda l'arme avec une certaine répugnance avant de la glisser dans la ceinture de son pantalon et de cacher la crosse sous sa chemise.

— N'oublie pas de le charger, ajouta Tony.

— Tu crois que le Rédempteur n'en aura pas peur s'il est vide ?

— Pas s'il le sait.

Neil déglutit péniblement. Il voyait la réalité en face. Une larme se forma dans son œil droit. A cet instant, Tony aurait donné sa vie pour être sûr que Neil ne risquait rien. Les lâches comme lui, se disait-il, étaient toujours héroïques au moment où ça ne servait plus à rien.

— Je crois que je devrais y aller, dit Neil.

— Reste, je t'en prie.

— Je ne peux pas.

Il prit appui sur l'étagère et se leva. Tony comprit alors, au bout de tout ce temps, que Neil avait autre chose qu'un problème de cartilage à la jambe.

— Merci pour tout. Je ne t'oublierai pas, Tony.

Tony se leva pour le raccompagner.

— Bien sûr que tu ne m'oublieras pas, dit-il en le serrant dans ses bras. On se voit demain et après-demain.

— Mais s'il m'arrivait quelque chose...

— Il ne t'arrivera rien !

— Si jamais il m'arrivait quelque chose, insista doucement Neil, je voudrais que tu fasses un truc pour moi...

15

Poussés par le vent, des petits nuages, haut dans le ciel, défilaient à toute vitesse devant le soleil, alternant ombre et lumière sur les pentes du cimetière verdoyant. « La vie est ainsi faite, se dit Alison, un jour le monde est sombre et triste, le lendemain brillant et plein de promesses. » Mais la mort, elle ne voulait pas y penser, pas maintenant. C'était trop désespérant.

Neil était mort.

Ils étaient debout devant sa tombe, en vêtements de deuil, en haut d'une colline qui donnait sur un verger et un champ de melons. « C'est certainement un joli endroit pour se faire enterrer », se dit-elle. Il y avait la mère de Neil, ainsi que Tony et le pasteur, mais c'était triste de voir que si peu de gens avaient pris la peine de venir lui rendre un dernier hommage. Brenda et Joan s'étaient désistées toutes les deux, prétextant que ce serait trop bouleversant. Alison ne mettait pas en doute la véracité de leurs excuses. Elle était au-delà de ces considérations.

Le pasteur lut un psaume sur l'ombre de la vallée de la mort, disant qu'il ne fallait pas avoir peur, et Alison trouva que c'était une lecture tout à fait appropriée pour Neil, car elle n'avait jamais rencontré quelqu'un d'aussi vertueux. Les prières terminées, ils s'approchèrent à tour de rôle pour jeter une rose sur le cercueil. Il n'était ni très luxueux — la mère de Neil n'avait pas beaucoup d'argent —, ni très gros. Mais il suffisait. Le Rédempteur n'avait pas laissé grand-chose, de toute façon.

— Merci d'être venue, lui dit Mme Hurly en la serrant dans

ses bras à la fin de la cérémonie. Mon fils me parlait souvent de vous.

La force tranquille de cette femme et son calme devant cette tragédie impressionnèrent Alison et la déroutèrent. Elle cessa de pleurer.

— Je pensais très souvent à lui, dit-elle sincèrement. Il va me manquer.

Tony était derrière elle, au bout de la file. Les deux derniers jours, Alison ne l'avait pas vu verser une seule larme, et il avait toujours su dire ce qu'il fallait. Il ne cherchait pas à se faire plaindre et continuait à se tenir bien droit. Mais c'était mécanique.

— Si vous avez besoin d'aide pour la maison, dit-il en embrassant la frêle petite dame dont les yeux étaient du même vert que ceux de Neil, n'hésitez pas à m'appeler.

Il venait de faire une gaffe. Mme Hurly n'avait plus de maison. Elle hocha la tête gentiment.

— Accompagnez-moi à ma voiture. Je voudrais vous parler, ainsi qu'à votre amie.

Alison aurait préféré ne pas être invitée. Même si secrètement elle s'était sentie attirée par Neil, elle n'avait jamais été proche de lui. Si sa mère devait évoquer des souvenirs émouvants, Tony était le seul en droit de les partager. Mais il lui était difficile de refuser, et elle suivit Tony qui prit le bras de Mme Hurly pour l'escorter jusqu'à sa vieille Nova blanche.

— Je ne sais pas comment vous le raconter, commença la mère de Neil. Quand on m'a appelée chez mon frère, dans l'Arkansas, pour me dire que notre maison avait complètement brûlé et que Neil avait péri dans les flammes, j'ai refusé d'y croire. Je me disais que le policier s'était trompé d'adresse, que c'était la maison des voisins qui avait brûlé. J'ai même prié pour cela, Dieu me pardonne.

Les paroles de Mme Hurly ramenèrent Alison à ce qui s'était passé deux jours plus tôt. Elle avait été prévenue tôt le matin, et non pas au milieu de la nuit, et c'était Brenda, et non pas Tony, qui l'avait mise au courant de l'incendie. Brenda lui avait raconté les faits avec une précision qui lui avait paru presque mécanique mais, en réalité, elle était sous le choc. La maison de Neil n'était plus qu'un tas de cendres. Les pompiers n'avaient trouvé qu'un seul corps, les os calcinés et éparpillés d'un individu d'un mètre soixante-dix environ qui portait une émeraude à la main gauche. L'enquête n'était pas encore terminée, mais le capitaine des pompiers semblait avoir totalement écarté l'hypothèse d'un incendie criminel. Rien ne permettait de penser qu'on avait utilisé de l'essence. Le feu avait dû prendre dans la cuisine, certainement à la suite d'un court-circuit. Et il s'était étendu si rapidement qu'il avait surpris l'habitant endormi, ainsi que le désignait l'expert. Ce dernier pensait d'ailleurs, avait précisé Brenda, que Neil ne s'était même pas réveillé.

En écoutant ce sinistre rapport, Alison avait senti se libérer la peur qu'elle avait enfouie dans un coin de son cerveau depuis la première lettre du Rédempteur. Une vague de panique glaciale l'avait submergée, la laissant tremblante mais étrangement calme. Elle pensait peut-être qu'après ce crime, rien de pire ne pouvait arriver.

Avec chaque jour qui passait, les chances de retrouver en vie Fran et Kipp s'amenuisaient. Elle n'aurait pas été surprise qu'on retrouve les squelettes calcinés de deux autres corps dans les décombres.

Pourtant, la partie continuait. Joan avait reçu une lettre, et sa mission figurait dans le journal du matin :

J.Z. Fais courir le bruit que tu es homosexuelle.

Joan s'était préparée à défiler nue dans la galerie marchande, à gifler le proviseur et à mettre le feu à toute la ville. Mais cette exigence, c'était tout simplement trop pour elle. Elle dormait désormais avec un chien pour la garder, les fenêtres de sa chambre condamnées par des volets cloués, et son policier de père ne savait même pas qu'elle était en danger.

Alison n'était pas pressée de voir son tour arriver.

— C'est normal de réagir comme ça quand il arrive un accident à son enfant, dit Tony. Il ne faut pas vous en vouloir.

Mme Hurly tapota la main qu'il avait posée sur son bras.

— Si, c'était mal de ma part, surtout dans ces circonstances. Quand je me suis retrouvée seule, que j'ai repensé à cet accident, j'ai compris que c'était finalement une bénédiction.

La volonté de Dieu, le destin, la fatalité... Alison devinait ce qui allait suivre. Mais elle hocha la tête avec compassion. La pauvre femme avait bien le droit de se raccrocher à ces justifications métaphysiques. Alison comprit quelques secondes plus tard qu'elle s'était totalement fourvoyée.

— J'ai du mal à voir les choses sous cet angle, dit Tony.

— Parce que Neil ne vous a jamais dit la vérité, expliqua Mme Hurly en jetant un coup d'œil en direction du cercueil qui reposait près du tas de terre.

Un frisson la parcourut. Derrière la butte, un employé s'impatientait sur son tracteur. On n'aurait pas dû le voir, mais le message était clair : il était pressé de mettre le corps en terre.

— Il ne voulait pas que vous le preniez en pitié, continua Mme Hurly. Il ne voulait pas que vous le traitiez différemment durant le temps qui lui restait à vivre. Vous vous souvenez de ce jour où vous êtes venu à la maison, et où vous deviez aller au cinéma tous les deux ? Neil n'avait plus un sou, et moi je n'avais plus d'argent pour finir le mois. Vous avez voulu l'inviter mais il a refusé. Vous vous souvenez combien il était susceptible sur ce sujet. Je crois que c'est la raison pour laquelle il a tenu sa maladie secrète et qu'il a inventé toutes ces histoires de diabète et de problèmes de cartilages. Il ne pouvait pas cacher totalement ce qui se passait dans son corps, mais il essayait de le camoufler du mieux possible. J'ai suivi son désir, mais c'était dur, plus dur que je ne pourrais l'exprimer avec des mots, surtout vers la fin. Il avait tellement mal qu'il ne pouvait presque plus marcher.

— Qu'est-ce que vous dites ? murmura Tony.

— Neil avait un cancer. Ça a commencé par sa jambe. Les semaines où il a manqué les cours, c'était pour sa chimiothérapie. C'est pour ça qu'il avait tellement maigri. Et malgré le mal que se sont donné les médecins, le cancer s'est généralisé. Les dernières radios montraient des tumeurs au cerveau. Vous comprenez pourquoi cet accident est une sorte de soulagement, dit-elle en baissant la tête. Au moins, il ne souffre plus.

Elle fondit en larmes et Alison aussi, honteuse à l'idée des moments qu'elle avait passés près de Neil, à regarder sa santé se détériorer sans penser un seul instant à lui demander — ou à se demander — ce qu'elle pouvait faire pour lui.

— Mais j'aurais pu l'aider ! s'exclama Tony, bouleversé par ces révélations. Il aurait dû me le dire.

— Et surtout, reprit Mme Hurly en s'essuyant les yeux, Neil ne voulait pas que vous vous inquiétiez pour lui. C'était un garçon courageux.

Elle tendit un mouchoir à Alison, qui le prit avec reconnais-sance. Elle était à la fois bouleversée et effrayée qu'il ait ainsi souffert en silence. Quand elle avait un rhume, elle ne pouvait pas s'empêcher d'appeler tous ses amis pour pleurer sur leurs épaules. Neil lui avait donné une leçon de dignité qu'elle n'était pas près d'oublier.

Tony proposa à Mme Hurly de la raccompagner chez les amis chez qui elle logeait, mais elle refusa, lui assurant qu'elle allait bien. Ils la regardèrent s'éloigner sans rien dire.

Tony repartit avec Alison en direction de sa voiture. Il s'était garé à l'autre bout du cimetière, près de la chapelle, et il était venu jusqu'à la tombe dans le corbillard. Par un accord tacite, ils marchèrent sans se tenir la main.

— C'est bizarre, les idées qui peuvent nous passer par la tête, dit-il finalement. J'étais en train de me dire que c'était vraiment une journée très triste et qu'il faudrait que j'appelle Neil en ren-trant pour lui en parler. C'est ce que j'ai toujours fait ces quatre dernières années. Maintenant, je ne sais plus quoi faire, ajouta-t-il en haussant les épaules.

Elle aurait voulu lui dire qu'elle l'écouterait. Mais elle avait peur d'être une bien piètre remplaçante.

— Je regrette de ne pas l'avoir appelé de temps en temps. Juste pour bavarder. J'ai souvent eu l'intention de le faire, dit-elle doucement.

— Cela lui aurait fait énormément plaisir. Il t'aimait beau-coup, plus que tu ne crois, je pense.

Il s'arrêta et plongea une main dans la poche de son manteau.

— C'est ce que j'essayais de te dire, l'autre soir, dans la voi-ture, devant chez toi. Il t'aimait.

— Moi ? (Neil avait été séduit par une idiote comme elle ?) Je ne m'en suis jamais doutée.

Cette nouvelle la bouleversait.

— Mais il t'avait invitée une fois.

— Oui, au cinéma. Je ne me suis pas posé de questions. Je... je...

Elle fondit en larmes et se mit à chercher le mouchoir que Mme Hurly lui avait donné.

— Je lui ai dit non.

Tony la serra tendrement contre lui.

— Il ne t'en a pas tenu rigueur. La dernière fois que nous

nous sommes retrouvés tous les deux, il m'a demandé de faire deux choses pour lui si le Rédempteur avait sa peau. La première, c'était que je te remette ceci.

Il posa un morceau de métal noirci et tordu au creux de sa main. Elle mit un moment à comprendre qu'il s'agissait de la bague en émeraude de Neil. La chaleur avait tordu l'anneau d'or, mais la pierre n'avait pas éclaté.

— Est-ce qu'il la portait quand...

— Oui, il l'avait. Il voulait me la donner pour que je te la garde, mais il avait l'intention de la faire nettoyer avant. C'est elle qui a permis de l'identifier.

— Mais je ne peux pas la prendre.

— Si j'avais eu plus de temps, je l'aurais fait arranger. Je pense qu'un bijoutier pourrait remonter la pierre.

— Non, ça m'est égal qu'elle ne soit plus belle. Je ne la mérite pas, c'est tout.

Tony sourit, et elle devina avant qu'il n'ouvre la bouche qu'il allait évoquer un bon souvenir.

— Il te considérait comme une déesse. A ses yeux, tu avais tout : la beauté, l'assurance, la joie de vivre, l'amour. Il t'aimait, et même s'il n'a jamais pu te le dire, je crois que ça le rendait heureux de vivre dans le même monde que toi. Ça suffit pour que tu mérites cet anneau.

— Est-ce qu'il a été jaloux... pour nous deux ?

— Pas Neil.

Sa question était indigne. Elle serra l'anneau dans sa main.

— Je suis honorée d'apprendre qu'il me considérait ainsi. Je vais la mettre en lieu sûr.

Ils reprirent leur marche vers la chapelle. Le soleil avait disparu derrière les nuages depuis quelques minutes. L'orage couvait. C'était la fournaise depuis des semaines, et maintenant que l'été arrivait, il allait pleuvoir. La remise des diplômes approchait à grands pas. Il y aurait quelques sièges de vides...

— Qu'est-ce qu'il t'a demandé de faire d'autre ?

— C'est une longue histoire, dit-il en secouant la tête.

— Tu as pu le faire ?

— Non, malheureusement.

— As-tu pensé à demander à Mme Hurly si elle était d'accord pour que je garde la bague ?

— Oui, elle est d'accord, bien sûr.

— Je ne voudrais pas qu'elle ait de la peine que ce bijou sorte de la famille.

— Je ne pense pas qu'elle en ait connu l'existence.

— Oh ? Mais pourtant, si ça venait de sa famille ?...

Tony s'arrêta.

— Qu'y a-t-il ? demanda Alison.

Il haussa les épaules.

— Rien d'important.

16

L'orage avançait lentement vers la maison. Venu de loin dans les montagnes, le tonnerre se répercutait à l'infini sur la plaine qui entourait le lotissement désert, emplissant ses oreilles de rugissements angoissants et inhumains. La pluie battait le toit de plus en plus fort. Le soleil venait juste de se coucher, et il faisait nuit noire derrière les rideaux tirés. Alison était seule. Mais ce n'était pas encore son tour. Elle était en sécurité... Bien sûr.

Ses parents étaient partis le jour même à New York. Sa mère avait hésité à la laisser seule. D'ailleurs, Alison aurait préféré qu'elle reste, mais elle ne voulait pas bouleverser les plans de ses parents. Ils avaient l'intention de faire de ce voyage une seconde lune de miel, à l'occasion de leur vingtième anniversaire de mariage. Ils préparaient cette escapade depuis longtemps. Mais sa mère avait failli rester au dernier moment. Les enlèvements de Fran et de Kipp avaient eu lieu de l'autre côté du comté, et personne n'avait fait de rapprochement avec la mort de Neil, mais les mères ont un sixième sens quand il y a un danger. Et il fallut que Joan et Brenda promettent de venir passer la nuit avec Alison pour que sa mère se sente rassurée. « Elles vont bientôt arriver », se dit Alison en vérifiant l'heure. Elle déplaça les magazines d'un coin de la table basse à l'autre, épousseta les meubles qu'elle avait déjà épousetés vingt fois, incapable de tenir en place. Elle n'avait pas peur mais elle était mal à l'aise, terriblement mal à l'aise.

Ces nouvelles maisons avaient un inconvénient : il n'y avait pas de lumières au plafond. Les Parker n'avaient que des lampes, tamisées, jaunes et démodées, qui donnaient un éclairage indirect agréable mais qui laissaient de nombreuses zones d'ombre. Elle pensa dévisser les abat-jour mais elle ne voulait pas que les autres sachent combien l'obscurité la dérangeait. Elles pourraient se moquer d'elle.

Cherchant à s'occuper, elle aperçut la cassette qu'elle avait louée la veille en rentrant du lycée : *Le Magicien d'Oz*. Elle introduisit le conte de fées dans le lecteur, alluma la télé et s'installa confortablement sur le canapé.

« Êtes-vous une gentille fée ou une méchante fée ? »

Quand elle avait vu ce film la première fois, elle était toute petite, et la sorcière, le magicien et même la tornade lui avaient fait faire bien des cauchemars. Depuis, elle n'avait jamais plus éprouvé une peur pareille. Mais ce soir, entre le tambourinement obsédant de la pluie sur les vitres, la semi-obscurité de la pièce, son isolement et les derniers événements tragiques, plus rien ne lui semblait impossible. Elle avait l'impression que tout, en bien comme en mal, pouvait arriver. Et d'ailleurs, l'atterrissage accidentel de la maison sur la sœur de la méchante sorcière, qui donnait le départ du périlleux voyage de Dorothée, ressemblait étrangement à l'accident qui avait entraîné la mort de l'homme. Et si l'homme avait un frère... ?

Ou une sœur !

Les lumières et la télévision s'éteignirent.

— Hé ! s'écria Alison, le cœur battant la chamade.

Les lumières se rallumèrent, suivies par une explosion qui secoua les murs. Elle se renfonça dans les coussins, essayant de retrouver son calme. C'était un éclair, rien de plus. Brenda et Joan allaient bientôt arriver. Personne n'allait la tuer.

La télévision était pleine de parasites. Au moment de la coupure, le magnétoscope s'était arrêté automatiquement. Elle allait se pencher pour le remettre en marche, mais elle préféra éteindre la télévision et décrocha le téléphone.

Tony l'évitait depuis l'enterrement. Comprenant son besoin d'être seul, elle n'avait pas cherché à s'imposer. Mais elle appelait quand même de temps en temps. Elle avait de moins en moins d'amis, elle aussi, et elle avait besoin de réconfort. Il aurait été anormal que sa vie continue comme avant la mort de son meilleur ami, mais elle le trouvait vraiment trop préoccupé, et la manie qu'il avait de s'arrêter au milieu de ses phrases l'effrayait. Quelque chose le tracassait.

Personne ne répondit chez lui. Ses parents étaient partis à San Diego voir son frère, mais il lui avait bien précisé qu'il ne les accompagnerait pas. Elle essayait de le joindre depuis huit heures du matin. Où pouvait-il bien être ? Ce n'était pas son tour à lui non plus.

Il y avait une semaine que Joan aurait dû s'exécuter. Aucun d'entre eux n'avait autant défié le Rédempteur sans l'avoir amèrement payé. C'était peut-être une erreur de l'avoir invitée. Après tout, si on voulait bien regarder la vérité en face, Joan ne pouvait pas la sentir. Mais elle n'avait invité ni Joan ni Brenda. Elles s'étaient invitées toutes seules.

Alison appela chez Brenda et tomba sur sa mère. Oui, Brenda était partie depuis un moment déjà. Non, Brenda ne lui avait pas dit si elle passait prendre Joan. Oui, il faisait vraiment un temps abominable...

— Au revoir, madame Paxson, termina Alison.

Il n'y avait rien de tel qu'un bon bain pour la détendre quand elle était angoissée. Pensant qu'elle entendrait ses copines frapper, elle décida d'aller en prendre un rapidement. Avant de monter, elle alla encore vérifier que la porte d'entrée et la porte de derrière étaient bien verrouillées.

L'eau chaude lui fit un bien fou. Enfoncée jusqu'au cou dans son bain moussant, elle ferma les yeux. Au bout d'un moment, le téléphone se mit à sonner. Elle se leva en grommelant et attrapa une serviette. Pourvu que ce soit Tony !

Sans prendre le temps de s'essuyer, elle décrocha à la cinquième sonnerie. Mais on raccrocha à l'autre bout au même moment. On ne devait pas vraiment tenir à lui parler.

« Depuis ton premier souffle, je t'observe. »

Debout, nue, près de son lit, elle eut soudain la sensation désagréable d'être observée.

Un courant d'air froid la tira de sa transe. Serrant la serviette autour de sa poitrine, elle se précipita pour fermer la fenêtre et tira les rideaux.

Elle s'habilla chaudement d'un épais pantalon de velours côtelé et d'un gros pull de laine. Elle était en train d'enfiler une deuxième paire de chaussettes, lorsque les lumières s'éteignirent une seconde fois. L'obscurité durait. Elle n'avait pas remarqué d'éclair, et elle compta jusqu'à trente sans entendre de coup de tonnerre. Ne trouvant aucune explication naturelle à cette coupure de courant, elle se mit à en imaginer des douzaines de surnaturelles, accompagnées chacune d'un couteau pointu et d'une mare de sang. Mais une fois encore, avant qu'elle ne sombre dans la folie, les lumières revinrent. Elle éclata d'un rire grinçant qu'elle ne reconnut pas. Où étaient passées les deux autres idiotes?

La télé en bas s'était remise en marche, avec ses parasites. Elle avait déjà constaté que le bouton de mise en route fonctionnait mal et qu'il lui arrivait de ressortir si on ne l'avait pas suffisamment enfoncé. Pourtant elle aurait juré l'avoir enfoncé correctement. Inquiète de cette nouvelle anomalie, elle alla vérifier les portes une fois de plus. Ce qu'elle découvrit n'était pas pour la rassurer. Le verrou de la porte de derrière était dans la position fermée. Mais le serrurier avait monté la serrure à l'envers et en fait, la porte était fermée quand le loquet était en position déverrouillée. Son père lui avait rappelé ce défaut pas plus tard que ce matin, et elle était quasiment certaine d'avoir fait attention à bien le fermer avant d'aller prendre son bain. Mais aurait-elle pu se tromper par la force de l'habitude? Certainement. Sinon, quelle autre explication?

« Eh bien, le Rédempteur passait dans le coin, par hasard... »

— Arrête! se dit-elle en verrouillant la porte avant de tirer sur la poignée pour se prouver que celle-ci ne bougeait pas d'un millimètre.

Elle se rendit à la cuisine pour se servir un verre de lait. Il y avait un téléphone près du micro-ondes, et elle essaya de joindre Tony une nouvelle fois. Vingt sonneries sans résultat. Dehors le vent mugissait, couvrant tous les autres bruits. Elle ferma les yeux et tendit l'oreille pour détecter une trace de civilisation : le bourdonnement d'une autoroute, le vrombissement d'un avion, le vacarme d'une moto. Mais elle n'entendit que la tempête et les battements de son cœur. Elle jeta le lait dans l'évier.

Les parasites de la télévision la gênaient, alors elle remit le magnétoscope en marche et se cala dans l'angle du canapé. Comme par hasard, c'était le passage où les héros traversent la forêt de la méchante sorcière et sont sur le point de se faire attaquer par des monstres. Elle savait que tout se terminait bien, et pourtant elle se mit brusquement à imaginer qu'il pourrait s'agir d'une version trafiquée, avec une fin différente, une fin violente et cruelle.

— Tu es complètement folle, ma pauvre fille, marmonna-t-elle en prenant le téléphone pour le poser sur ses genoux, comme si c'était un animal familier qui pouvait la réconforter.

Cette fois-ci, elle laissa sonner trente fois chez Tony. Rien !

Elle se retrouva dans le garage sans savoir ce qu'elle était venue y faire. Pourtant, sans un regard à la porte, elle alla droit au placard où son père rangeait ses équipements de sport. Il faisait du tennis, du golf et du ski. Mais ce qui intéressait Alison, pour le moment, c'était uniquement sa passion pour la chasse.

« Où est ce bazooka ? »

Elle trouva le fusil dans une boîte en érable, au fond, par terre. Les deux canons superposés, noirs, étaient froids. Elle souleva la crosse en chêne et fut sidérée par son poids. Ayant vu son père s'en servir, elle savait qu'il s'ouvrait au milieu et qu'on y introduisait deux cartouches. Quand elle était petite, son père l'avait surprise, un jour, à jouer avec, et, bien que l'arme n'ait pas été chargée, il lui avait passé un sacré savon. Mais elle était sûre que son cher papa ne lui en voudrait pas d'avoir emporté le fusil dans la maison pour lui tenir compagnie. Quand Joan et Brenda arriveraient, elle le mettrait dans la penderie de l'entrée, à portée de la main.

Elle cherchait la boîte de cartouches, lorsqu'elle entendit qu'on frappait à la porte. Le bruit lui fit plaisir et peur à la fois. Joan était son ennemie de toujours, et on ne pouvait pas lui faire confiance, mais Brenda était une bonne amie. Il n'y avait aucune raison de ne pas se réjouir de son arrivée. Elles se connaissaient depuis leur plus tendre enfance. Évidemment, il leur était arrivé de se disputer — assez souvent, d'ailleurs, ces derniers temps —, mais quoi de plus normal entre vieilles amies ? D'un autre côté, Brenda avait pris un certain plaisir à exécuter les ordres du Rédempteur. Qui d'autre pouvait en dire autant ? Elle s'était fait renvoyer du lycée et, là encore, on sentait qu'elle en avait tiré une étrange satisfaction à la façon dont elle en plaisantait.

Alison mit un certain temps pour aller du garage à la porte d'entrée car il fallait traverser la cuisine et la salle de séjour. Et une fois devant la porte, elle s'arrêta, en se demandant pourquoi elles avaient frappé au lieu de sonner.

— Brenda ? cria-t-elle. Joan ?

Pas de réponse.

« Reste cool, ne t'énerve pas, tu ne vas pas mourir. »

Elle pressa l'oreille contre la porte. Elle n'arrivait même pas à entendre la pluie tellement elle était paniquée.

— C'est vous ? demanda-t-elle d'une voix rauque.

Ce n'était vraiment pas sympa de la part de celui ou celle qui était derrière la porte, si toutefois il y avait quelqu'un. Tant pis, elle était une grande fille, elle n'avait qu'à... Qu'était-elle censée faire ? Elle n'en savait rien. Allumer la lumière du perron, oui, et regarder à travers les panneaux vitrés sur le côté de la porte, et faire attention à voir avant qu'on ne la voie, et là, se mettre à crier à l'assassin.

Elle eut du mal à appuyer sur l'interrupteur, tant ses mains tremblaient. Mais finalement, la lampe du porche s'alluma. Regrettant de ne pas avoir de périscope, elle tourna les yeux vers les vitres en verre fumé. Si c'étaient Brenda et Joan qui lui faisaient cette blague, elles pourraient aller dormir dans le garage.

Mais il n'y avait personne en vue. Pour en être absolument sûre, il aurait fallu qu'elle ouvre la porte. Et ça, c'était hors de question. Pourtant elle n'avait pas rêvé. Elle avait bien entendu frapper à la porte. C'était aussi net que...

« Oh, non ! »

... les coups à la porte de derrière.

Elle sentit sa respiration se bloquer. Aucune personne animée de bonnes intentions ne serait allée à la porte de derrière. Il n'y avait que des psychopathes masqués, armés d'instruments tranchants, pour utiliser les portes de derrière, une fois la nuit tombée. Elle connaissait le film. Elle connaissait le scénario. L'homme à la hache se ferait prendre, mais pas avant d'avoir étranglé et dépecé une demi-douzaine de jeunes filles. Et comme le Rédempteur était très inventif, on pouvait s'attendre à un quota supérieur à la moyenne, avec, pour commencer, tous ceux de la liste, plus d'éventuels spectateurs.

« Ce n'est qu'un film, et je suis la vedette, et je ferais bien de me bouger les fesses ! »

Deux canons chargés lui donneraient un certain avantage. Mettant péniblement un pied devant l'autre, elle se dirigea lentement vers la salle de séjour.

Elle venait de contourner le comptoir de la cuisine, lorsque les coups reprirent, forts et insistants. Le peu de courage qui lui restait s'envola, la laissant pétrifiée. Puis une certaine particularité dans l'origine et la qualité des coups éveilla son attention. Elle tendit l'oreille et eut l'impression que ça venait non pas de la porte de derrière, mais du bureau, au fond. Et le bruit n'était pas celui d'un poing sur du bois, mais celui du bois sur du bois.

« Les volets ? »

Elle se sentit ivre de soulagement à cette explication innocente. Un sourire radieux éclaira son visage. Elle repartit d'où elle venait et traversa le couloir qui conduisait au bureau. Elle ouvrit la porte. Un coup d'œil vers la fenêtre lui confirma que les volets étaient mal fixés et que le vent les faisait battre. Elle ouvrit la fenêtre, tendit la main dans la nuit humide et les referma soigneusement. Elle se sentait mille fois mieux.

Le téléphone se mit à sonner.

— Tony ! s'exclama-t-elle en courant vers la salle de séjour.

Il fallait qu'elle lui raconte cette histoire de coups mystérieux, sans mentionner les volets. Ça lui donnerait peut-être l'idée de venir passer la nuit avec elle. Dommage que Joan et Brenda soient déjà en route.

Où étaient-elles passées, au fait ?

— Allô, Tony ? dit-elle en décrochant. Allô !

Elle entendit une respiration, ni forte ni haletante, mais laborieuse et faible. Elle cessa de respirer. Sa peur revint d'un coup. Elle ne pouvait se résoudre à raccrocher. D'un autre côté, tant que son interlocuteur serait au bout du fil, il ne serait pas ailleurs, pas à enfoncer la porte ni à la découper en morceaux. Le problème, c'était qu'il pouvait tenir le même raisonnement. Tant qu'Alison resterait au téléphone, elle serait une proie facile.

— Brenda ? Joan ?

On raccrocha, mais pas avant qu'elle n'entende ce qui ressemblait à un soupir. Elle reposa le téléphone pour redécrocher aussitôt. Quand ils avaient emménagé, elle avait mémorisé le numéro du gardien. Harvey Heck était alcoolique et, s'il était ivre mort maintenant, il le regretterait beaucoup, demain, quand il lirait dans le journal ce qui était arrivé à la belle adolescente pendant qu'il était de service.

— Harvey ! se mit-elle à hurler au bout de la dixième sonnerie sans réponse.

Elle était sur le point de le maudire, lorsqu'elle se dit que le

Rédempteur lui avait peut-être rendu visite. Harvey était sans doute dans l'impossibilité de répondre. Gagnée par le désespoir, elle reposa lentement le combiné.

« Mais ce n'est pas mon tour. Et de toute façon, j'aurais fait tout ce que vous m'auriez demandé. »

Elle avait deux possibilités : soit appeler la police, soit charger le fusil. Les deux idées lui parurent excellentes. Elle alla chercher l'annuaire et dut s'y reprendre à quatre fois pour composer correctement le numéro. Elle finit par obtenir un autre être humain, une dame d'un certain âge avec un léger accent anglais.

— Commissariat de San Bernardino, à votre service.

— Voilà. Je m'appelle Alison Parker et j'habite au 1342 Keystone Lane, dans un lotissement à huit kilomètres au nord de la nationale 10. Quelqu'un veut me tuer ! Je suis seule ! Je vous en supplie, envoyez quelqu'un... Allô ! Allô !...

On n'entendait plus rien sur la ligne. Il n'y avait plus de tonalité, plus de parasites, plus rien. Et n'avait-elle pas été interrompue dès qu'elle avait commencé à parler ? La police n'avait peut-être même pas entendu son nom.

Les mains crispées sur son ventre, elle se pencha en avant et posa la tête sur ses genoux. Des points violets, comme les enveloppes du Rédempteur, dansaient devant ses yeux clos. Elle allait vomir. Elle allait tomber dans les pommes. Elle allait mourir.

« Je t'aurai, ma toute belle. »

La télé continuait à ronronner gentiment. Le temps de la sorcière était compté, comme celui du Rédempteur. Mais, contrairement à Dorothée, elle n'avait personne qui viendrait à sa rescousse. Elle se redressa et regarda le récepteur, un goût de sang dans la bouche. Elle s'était mordu la langue.

« Mais je suis la vedette, je ne dois pas mourir. »

Elle se força à réfléchir. Si son ennemi avait pu couper la ligne juste après l'avoir appelée, c'est qu'il devait se trouver à l'un des endroits où la compagnie du téléphone installait de nouvelles lignes. Au cours de ses joggings quotidiens, elle était passée à plusieurs reprises devant ces boîtes électriques grises en remarquant toutes les prises encore disponibles. Cela signifiait que le Rédempteur était bien dans le lotissement. Il y avait un coffre de raccordement téléphonique au bout de sa rue. Le Rédempteur n'était peut-être qu'à une centaine de mètres, et il se rapprochait.

En pensant que l'heure de la confrontation arrivait, Alison eut un sursaut inattendu de révolte. Non pas que sa peur l'ait quittée — elle s'était même intensifiée —, mais maintenant elle était en colère et elle avait envie de se venger. Ce salaud avait lâchement frappé les autres dans le dos. Mais elle était bien réveillée, et elle ne se laisserait ni égarer ni brûler sans se battre. Elle n'avait encore jamais joué le rôle de l'héroïne poursuivie par un méchant mais elle le jouerait bien. Tant que le rideau resterait levé.

Elle courut au garage. Le fusil était là où elle l'avait abandonné, ouvert et prêt à être chargé. Malheureusement, le placard de son père n'était pas bien rangé : il était plein à craquer, et on n'y voyait rien. Elle fouilla entre les combinaisons de plongée, derrière les raquettes et sous les ballons de basket sans trouver la boîte de cartouches. Et s'il n'y en avait plus ?

Elle avait fouillé le placard jusque dans les moindres recoins et se préparait à aller voir dans les tiroirs sous l'établi, lorsque les lumières s'éteignirent pour la troisième fois. Sa détermination héroïque des minutes précédentes faillit l'abandonner. Un coup de tonnerre fracassant résonna derrière la porte du garage, suivi par un déluge. Mais au tréfonds de son cerveau pétrifié, elle savait que l'orage n'était en rien responsable de cette obscurité soudaine et totale. On avait coupé le courant. Le Rédempteur ne pouvait pas couper l'électricité aussi facilement que le téléphone. Il fallait avoir accès au compteur, placé à l'extérieur, près de la porte de derrière. Et ce n'était pas un pauvre pêne qui allait arrêter quelqu'un capable d'enlever des adolescents au nez et à la barbe de leurs familles. Elle devait trouver ces cartouches à tout prix !

Elle tenait le fusil d'une main, tâtant la manche d'une vieille veste de l'autre, lorsque le contact du tissu lui rappela quelque chose. Mais quoi ? Elle se disait que ce n'était guère le moment d'y réfléchir, lorsque des coups frappés à la porte de derrière lui rafraîchirent brusquement la mémoire. Son père portait toujours cette veste quand il allait à la chasse. Et un vrai chasseur comme lui aimait bien avoir ses munitions à portée de la main.

Il y avait deux cartouches dans la poche de poitrine. Elle les glissa à tâtons dans le canon et, dégageant le cran de sûreté, elle referma le fusil. Juste un regard pour savoir qui était ce cinglé, et elle lui referait le portrait de telle façon que sa mère elle-même ne serait pas près de le reconnaître.

118

Le garage n'était pas l'endroit idéal sur le plan stratégique, et elle n'avait pas non plus très envie d'attendre qu'il vienne à elle. La crosse calée au creux de l'épaule, le canon soutenu de la main gauche et un doigt de la main droite sur la détente, elle glissa en silence jusqu'à la cuisine, et alla s'accroupir derrière le four. Elle ne pouvait même pas distinguer le bout de son arme et elle aurait bien voulu allumer juste une seconde pour se repérer. Mais quand bien même elle l'aurait pu cela n'aurait servi qu'à la faire repérer, elle. Les aveugles passaient toute leur vie dans le noir ; elle pouvait se montrer patiente. Bientôt, très bientôt, il serait bien obligé de se montrer.

Son plan tint exactement deux secondes.

La porte de derrière fut secouée par un coup fracassant.

« Oh, je vous en prie, ne soyez pas cruel avec moi ! »

On aurait dit un coup de hache.

Affolée, elle se demanda si elle faisait bien d'attendre. Ça se présentait mal. Elle dépendait d'une arme dont elle ne s'était jamais servie. Et si jamais elle s'enrayait ? Et si jamais elle ratait sa cible ? Il y avait une autre solution, mais cela impliquait qu'elle sorte. A cet instant précis, elle savait exactement où se trouvait le Rédempteur. Peut-être était-ce justement l'occasion ou jamais d'aller chercher ses clés, d'ouvrir doucement la porte d'entrée, de courir dans la rue vers sa voiture et de démarrer sur les chapeaux de roue.

Le *boum !* du deuxième coup de hache, qui résonna dans toute la maison, emporta aussitôt sa décision. Elle contourna le four, courut jusqu'au canapé où elle attrapa son sac au vol et se rua vers la porte. Pour ouvrir les verrous, elle devait poser son fusil. Elle le fit à contrecœur. Doucement, de peur d'interrompre le Rédempteur qui faisait du petit bois avec la porte de derrière, elle essaya d'ouvrir le verrou.

« Tu as entendu parler de cette fille qu'on a retrouvée enfournée dans sa cheminée ? »

Il était bloqué. Quelque chose, comme une épingle à cheveux, avait été enfoncé de dehors dans la serrure. Un grand coup sur la porte le ferait peut-être tomber, mais autant qu'elle se mette à crier : « Je sors par la porte d'entrée, désolée, mais je dois partir ! »

Elle entendit la porte de derrière se fendre.

Elle se mit à marteler le verrou, mais il ne voulait toujours pas s'ouvrir. Avant, elle avait peur que quelqu'un entre, et voilà qu'elle craignait de ne pas pouvoir sortir ! Si ce maniaque était capable d'entrer, elle devait bien être capable de sortir, bon sang ! Elle laissa tomber son sac et, prenant le fusil à deux mains, elle donna un coup de crosse dans les carreaux le long de la porte. Elle ne réussit qu'à faire un trou assez petit et à s'égratigner — mais qu'importent quelques égratignures, comparées à un coup de hache ? Reposant son arme une fois de plus, elle s'agenouilla et passa le bras dehors pour trouver le verrou à tâtons. Ses doigts effleurèrent un instant le trou de la serrure, et elle sentit qu'effectivement il y avait une épingle plantée dedans. Elle s'aperçut alors que derrière, les coups de hache avaient cessé. Ce qui voulait dire...

Quelqu'un lui saisit le bras et la tira d'un coup sec. Sa tête heurta le montant de la porte et elle vit non pas des étoiles mais des trous noirs, tandis que la douleur irradiait dans sa tête. Si elle n'avait pas été aussi dépitée de s'être fait si facilement avoir, elle se serait évanouie.

— Je vous déteste ! hurla-t-elle, essayant désespérément d'appuyer ses pieds contre la porte pour s'arc-bouter et tenter de récupérer son bras.

Mais il la tenait fermement, et elle n'avait pas assez de recul pour prendre appui correctement sur ses pieds. Après quelques secondes de cette lutte insensée, ce fut son sang qui vint finalement à son aide. En se débattant, elle se râpait le bras au verre brisé. Elle était couverte de sang du coude au poignet, et la prise de son agresseur glissait. Pas assez pour qu'elle se libère, mais suffisamment pour qu'elle prenne enfin appui correctement. Elle se rejeta de toutes ses forces en arrière et, immédiatement libérée, alla atterrir sur le derrière, à plus de trois mètres de la porte. Sonnée, le bras gauche en feu, elle se redressa sur ses coudes et vit l'ombre floue d'une hache se dessiner derrière ce qui restait des panneaux de verre.

« Ouais, j'ai lu l'histoire de cette pauvre fille. Quelle horreur ! »

Elle roula sur le ventre, le dos à la porte, pour chercher le fusil de sa main droite. Elle allait le cribler de plombs, cette ordure, se promit-elle, mais pas tout de suite. Si elle se retournait maintenant, elle savait qu'elle tomberait dans les pommes.

Sa chambre avait toujours été son refuge quand les choses allaient mal et, ce soir, la situation n'était pas vraiment rose. Traînant le fusil derrière elle, elle avança vers l'escalier à quatre pattes et commença à monter. Elle allait assez vite pour un quadrupède, mais elle aurait pu aller encore plus vite si elle s'était levée. Malheureusement, elle ne pouvait pas se mettre debout, et elle ne savait pas pourquoi. Au moment d'atteindre la dernière marche, elle entendit la porte d'entrée céder d'un coup.

« Mais sais-tu exactement ce qu'on lui a fait ? »

Plantant ses coudes dans la moquette, elle rampa jusqu'à sa chambre. Elle claqua la porte et s'écroula sur le sol. Elle pleurait, elle saignait et elle n'avait nulle part où se réfugier.

« Non, mais je ne crois pas que ça m'intéresse. »

Il montait l'escalier, lentement, s'arrêtant à chaque marche. Elle l'entendait respirer, comme au téléphone, péniblement, faiblement. Elle était incapable de dire si c'était un homme ou une femme. La maison était neuve, et pourtant le plancher craquait sous ses pas. Il n'y avait que deux possibilités : ou le constructeur n'avait pas respecté les normes, ou le Rédempteur était énorme.

« Je vais tout de même te le raconter. J'espère que tu as l'estomac bien accroché. »

Il savait quelle était sa chambre. Il savait tout d'elle. Les pas s'arrêtèrent derrière sa porte. Elle entendait sa respiration et elle crut même entendre battre un cœur. S'il avait un fusil, il n'avait même pas besoin d'ouvrir la porte. Il n'avait qu'à viser et à tirer, et il pourrait ensuite faire tout ce qu'il voudrait de son corps.

« Il y avait du sang partout, sur le tapis, sur les rideaux, au plafond. »

Elle devait se défendre. Un seul coup bien placé. Si elle y arrivait, elle pourrait assister à la remise des diplômes et recevoir le sien en personne. La porte fermée n'était pas un obstacle pour elle non plus. Retenant son souffle, elle s'avança, restant sur la gauche pour ne pas risquer d'être touchée par une balle tirée au centre.

« Au début, la police s'est même demandé si l'assassin ne pouvait pas être un animal. »

Elle se redressa complètement, se plaqua contre le mur, et, tenant son fusil devant elle, le pointa sur le centre de la porte, enfonçant la détente jusqu'à un millimètre du déclenchement. Elle entendait la respiration maléfique juste derrière ; il ne lui restait plus qu'à franchir ce dernier millimètre. Mais elle ne pouvait pas. Un souvenir venait d'annihiler toute sa volonté.

Le lendemain du jour où ils avaient reçu la première lettre, Joan était venue les trouver, Fran et elle, dans la cour du lycée.

Elles s'étaient chamaillées, comme d'habitude, et Joan lui avait conseillé de garder ses distances avec Tony, ce qui l'avait fait rire. « Pourquoi, il m'arrivera malheur ? » Et Joan lui avait répondu en souriant : « Tant pis pour toi. Je t'aurai prévenue. »

La même phrase que dans la lettre.

Le Rédempteur, c'était Joan. C'était une kidnappeuse, une pyromane et une meurtrière. Mais c'était surtout une malade, et Alison ne pouvait pas appuyer sur la détente.

— Joan, murmura-t-elle, je sais que c'est toi.

La respiration s'accéléra. Alison retira le fusil et le laissa pendre à son côté.

— Je sais que tu me détestes, continua-t-elle. Je sais que je t'ai donné plein de raisons de me détester, mais je veux vraiment t'aider.

Un petit coup résonna sur la porte, comme si Joan avait laissé tomber sa tête contre le bois. Alison pensa que c'était peut-être un signe de reddition. Puis la poignée de la porte commença à tourner.

— Non ! hurla-t-elle, et la poignée s'immobilisa. Ne rentre pas. J'ai un fusil. Je ne veux pas te faire de mal, mais si tu rentres maintenant, je tire.

La respiration s'arrêta. « Joan doit réfléchir, alors je dois réfléchir moi aussi », se dit Alison. La pitié, comme tous les sentiments charitables, était bien fragile devant certaines réalités. Fran avait disparu sans laisser de trace. Le sang de Kipp avait traversé le matelas jusqu'au sol. Et ce qui restait de Neil avait été difficilement dégagé des restes de la maison. Joan était malade, d'accord, mais elle était avant tout excessivement dangereuse.

« Et il paraît qu'elle a failli s'en tirer. »

— Va au diable pour tout ce que tu as fait ! hurla Alison, sans savoir vraiment si elle avait crié avant qu'on tourne la poignée et qu'on ouvre la porte.

La compassion qu'elle avait éprouvée fut balayée par une immense vague d'amertume. Elle donna un coup de pied dans la porte qui se referma au nez du Rédempteur et attrapa le fusil. Elle appuya la gueule du canon contre le bois au niveau de la poitrine et tira.

Le recul, brutal, la renversa comme une poupée de son. Elle atterrit sur le dos, et l'arrière de la crosse heurta sa mâchoire avec un craquement sinistre. Elle ne perdit pas conscience mais elle était sonnée. Ses yeux, restés ouverts, étaient dans le brouillard. Un voile de brume enveloppait son cerveau. Et pourtant elle éprouvait un sentiment de triomphe. La respiration de l'autre côté avait cessé une fois pour toutes.

« Ton temps était écoulé, ma chérie. »

Depuis combien de temps était-elle allongée, elle n'en avait pas la moindre idée. Elle ne voyait aucune raison de se presser, même pas pour aller panser ce bras qui saignait toujours. Elle éprouvait un immense soulagement. Si elle n'avait pas eu peur de ce qu'elle allait trouver de l'autre côté de la porte défoncée, elle aurait éclaté de rire. Mais elle fondit en larmes, et ce n'était pas la première fois ce soir-là.

« Tu aurais dû en parler à quelqu'un, Joan. »

Quand son cœur eut enfin repris son rythme normal et qu'elle eut séché ses larmes, elle s'assit. Un coup d'œil à son bras lui donna la nausée. Elle aurait de sacrées cicatrices ! Elle s'étira, faisant craquer une bonne douzaine de vertèbres, et leva les yeux. En dépit de l'absence de lumière, il était impossible de ne pas remarquer le trou dans la porte. Elle prit un drap de son lit. Elle ne voulait pas voir le corps. Elle allait le couvrir immédiatement.

Lorsqu'elle ouvrit la porte, elle garda les yeux levés. Elle vit tout de suite les dégâts que le coup de feu avait faits dans la porte du placard du couloir, et les serviettes déchirées et noircies qui pendaient par le trou béant.

Mais où était le sang ? Elle tâta le sol du bout du pied, essayant désespérément de sentir un obstacle, et sentit sa panique renaître aussitôt. Rien. Elle n'avait pas le choix. Il fallait qu'elle regarde.

Il n'y avait pas de corps.

Le Rédempteur était toujours en vie.

Le téléphone au chevet de son lit se mit à sonner.

Alison ne voulait pas répondre. La seule personne qui pouvait l'appeler était celle qui avait coupé la ligne. Et, brusquement, elle se demanda si c'était vraiment à Joan qu'elle s'était adressée. Joan était une coriace, mais pas au point d'encaisser une cartouche de douze à bout portant sans quelques effets secondaires.

Mais elle n'avait plus de volonté. Elle se sentait irrésistiblement attirée par la sonnerie. Elle n'était plus qu'un fantoche, et son maître voulait lui parler. Elle décrocha.

— Allô!

La voix était faible, presque inaudible, peut-être parce que la ligne était mauvaise. Elle pensait plutôt qu'il le faisait exprès. Le timbre, savamment déguisé, n'était ni masculin ni féminin. Et pourtant la voix n'était pas désagréable. Elle avait l'impression de l'avoir déjà entendue.

— Sais-tu qui je suis? demanda la voix.

— Le Rédempteur.

— Oui, soupira la voix. Je suis venu m'occuper de toi.

— Ne me tuez pas, dit-elle en se levant d'un coup, tremblant de la tête aux pieds.

— Tu te tueras toute seule.

Dans le fond, Alison entendit une toux, puis le tonnerre.

— Viens me voir. J'ai ta mission. Dépêche-toi. Il n'y a plus beaucoup de temps.

— Mais je ne veux pas mourir! protesta-t-elle, affolée.

Quand la voix reprit, c'était plus net. Oui. Elle la connaissait. Mais elle n'arrivait pas à retrouver à qui elle appartenait.

— Tu es déjà morte.

Le Rédempteur raccrocha sans que la tonalité revienne. Reposant le récepteur à côté de son socle, elle s'en écarta comme si la corde pouvait lui sauter brusquement autour du cou pour l'étrangler. Elle ne pouvait rien faire. Il la connaissait bien. S'il disait qu'elle était morte...

« Mais je suis en vie! Je suis l'héroïne! Et je n'ai que dix-huit ans! »

Son courage était bien entamé, mais pas encore anéanti. Le Rédempteur ne savait pas tout. Il avait déjà essayé de l'avoir une fois et il avait échoué. Il avait même dû battre en retraite — en tout cas assez loin pour pouvoir lui téléphoner. Il était peut-être blessé, et elle pouvait encore lui faire mal avec sa dernière balle.

Prenant son courage à deux mains, armée de son fusil, elle descendit l'escalier en courant. La porte d'entrée était grande ouverte, et elle trouva son sac là où elle l'avait laissé tomber. Le Rédempteur avait commis une erreur. Ses clés de voiture étaient toujours à l'intérieur.

Elle n'avait pas fait dix pas dehors qu'elle était trempée. La pluie froide cinglait les coupures sur son bras. Les éclairs l'éblouissaient, le tonnerre l'assourdissait, ses chaussettes mouillées dérapaient sur l'allée en ciment. Elle faillit se rompre le cou.

La porte de la voiture était fermée. Elle avait trois clés, dont deux presque identiques. Elle essaya la première. Ce n'était pas la bonne. Elle jeta un regard autour d'elle. Personne en vue. Elle essaya l'autre clé. Zut ! elle l'avait mise à l'envers... Elle ouvrit enfin la porte, vérifia qu'il n'y avait personne sur le siège arrière, monta et rabattit tout de suite le système de verrouillage de la portière. Elle allait s'en sortir. Elle tourna la clé de contact. Rien ne se passa.

Les câbles de la batterie, les fils du delco et la courroie de ventilation avaient dû être coupés. Le Rédempteur avait tout prévu.

Elle sortit lentement du véhicule et s'appuya à la portière, désespérée. Autant regarder la vérité en face : quoi qu'elle fasse, elle était prise au piège. Qu'il se montre, ce Rédempteur, et qu'on en finisse une fois pour toutes !

Elle entendait de la musique.

Quelqu'un, un peu plus bas dans la rue, écoutait un disque de Prince.

Sa mère ne lui avait-elle pas dit la semaine précédente qu'une autre famille allait bientôt emménager ? Et n'était-ce pas une maison habitée, avec des lumières, qu'elle apercevait là-bas, dans la direction d'où venait la musique ? Quoi ! Toute cette soirée, son salut n'aurait été qu'à un jet de pierre ?

Alison jeta un rapide coup d'œil autour d'elle et bondit. Elle courut de plus en plus vite, à perdre haleine. Même Tony aurait été incapable de la rattraper.

En arrivant dans l'allée, son enthousiasme s'envola d'un coup. La musique était bien réelle, les fenêtres, éclairées. Mais tout était trop beau ; elle ne croyait pas aux coïncidences.

Était-ce un piège ?

Sans réfléchir, elle avait gardé le fusil, et elle était rassurée de le sentir contre elle, tandis qu'elle remontait l'allée vers la porte d'entrée. Mais sa vague de panique fut balayée d'un coup quand Alison entendit, au-dessus de la musique, plus douces que toutes les mélodies jamais composées, des douzaines de voix d'êtres humains qui riaient, dansaient, heureux. Elle arriva sous le porche et frappa à la porte en souriant. Comme cela arrive souvent lors des soirées, une voix lui cria d'entrer. Elle tourna la poignée et faillit éclater de rire. Comme elle allait paraître avenante avec son fusil à la main ! Elle appuya l'arme contre le mur, poussa la porte et pénétra à l'intérieur.

La maison était vide : pas de gens, pas de meubles, à l'exception de trois lampes sans abat-jour posées par terre. La musique semblait venir des murs. Elle resta figée, se demandant dans quelle zone spatiotemporelle elle avait débarqué, puis elle se retourna pour aller voir derrière la porte. C'est à ce moment-là qu'elle se prit les pieds dans un fil électrique et qu'elle perdit l'équilibre. La musique s'arrêta. Les lumières s'éteignirent.

Et soudain elle ne fut plus seule.

Un bras lui encercla le cou et serra.

Elle s'écroula et se laissa étouffer sans lutter. Une prière monta du fond de sa conscience. C'était fini. Elle se mit à penser à Tony. Il était si beau, si gentil. Il serait la prochaine victime. Et ce fut cette dernière pensée, plus que toute autre chose, qui la ramena à la vie.

Elle donna de grands coups de coude en arrière dans les côtes de son agresseur, tandis que la respiration du Rédempteur sifflait à ses oreilles. La prise autour de son cou se desserra légèrement, et elle put respirer.

— Non!!! hurla-t-elle en continuant de se démener comme une folle.

Les coups pleuvaient. Une tête heurta le mur, sa tête heurta une mâchoire. Le bras autour de son cou se desserra encore et elle bondit en avant vers la porte entrouverte. Les mains qui la retenaient par son sweat-shirt agrippèrent sa peau à travers le tissu peu épais. « Alors, tu veux me jouer un sale tour, se dit-elle. Eh bien, prends ça! » Elle se retourna d'un coup et flanqua son poing droit en plein dans le nez du Rédempteur. Du sang tiède gicla sur ses doigts meurtris, et l'ombre la lâcha et recula. Maintenant, elle pouvait presque le voir.

Si Alison avait profité de son avantage en frappant à nouveau sans attendre, elle aurait pu s'en tirer. Mais elle n'avait pas confiance dans sa seule force physique et elle voulait en finir avec cette histoire une fois pour toutes. Elle se précipita dehors pour prendre son fusil. Elle leva le canon, cala la crosse contre son épaule et mit le Rédempteur en joue. C'est alors qu'il s'approcha de la porte et que son visage fut éclairé par la lumière blafarde de la lune.

— Non, gémit-elle du fond d'elle-même.

C'était impossible.

Il plongea son regard dans le sien et hocha la tête.

Elle sortit de sa torpeur.

— Ça ne fait aucune différence! cria-t-elle.

Elle fit un pas en avant et appuya sur la détente.

Le Rédempteur lui claqua la porte au nez. Avant que l'arme ait pu cracher son jet mortel, la poignée de la porte heurta le fusil, dévia le canon, et la cartouche se déchargea dans le plafond. Alison lâcha le fusil, près de prendre la fuite, mais elle glissa, sa tête heurta le rebord en brique d'une plate-bande et elle s'évanouit.

17

Tony retrouva l'endroit sans peine. En dépit de la tempête et de l'obscurité, il y avait des repères manifestes : les traces de pneus sur le bas-côté de la route, que l'hiver n'avait pas effacées, et la gomme laissée sur l'asphalte par son coup de frein. Mais, même sans ces indices, il aurait reconnu le lieu où il avait perdu le contrôle de la voiture. Il s'arrêta, prit sa torche et sa pelle et descendit.

C'eût été moins sinistre de venir aux premières heures du jour, mais il voulait profiter de la faveur de la nuit. Et les pilleurs de tombes doivent respecter certains horaires. En plus, il venait tout juste de déchiffrer les messages cachés du Rédempteur. Jusque-là, il avait refusé de voir l'évidence, se dit-il. Il aurait dû venir ici tout de suite après l'enterrement de Neil. Mais il avait eu peur. Et il avait encore peur.

Ses tennis s'enfonçaient dans la boue, et les épines des buissons s'accrochaient à son pantalon. L'année précédente, il avait compté cinquante pas jusqu'à l'endroit où ils avaient porté l'homme, et ce soir il les compta à nouveau. Lorsqu'il atteignit le chiffre fatidique, il se retrouva devant un rectangle de terre retournée, et non tassée comme elle aurait dû l'être au bout d'une année. Il se sentit à la fois rassuré et oppressé. Voir ce que le cadavre était devenu au bout d'un an de décomposition n'aurait pas été plus agréable que de voir ses soupçons confirmés. Les deux le rendaient malade.

« Mais confirmer quoi ? Il te l'a dit lui-même ! »

Il posa la torche par terre et planta la pelle dans le sol. Avec la pluie et cette terre sablonneuse, la tâche était aisée ; cependant, chaque coup de pelle semblait l'accabler un peu plus. Il se mit à transpirer et retira son imper. Le vent et la pluie plaquèrent sa chemise sur sa peau. Lorsqu'ils l'avaient enterré, comme ils n'avaient pas d'outils, ils n'avaient pas creusé très profond. A chaque coup, il avait peur de planter la pelle dans le mort. Et toutes sortes d'images défilaient dans son esprit : des vautours tournant au-dessus d'un tas d'os blanchis, des hommes en smoking armés de pieux et de bibles dans des cimetières et, pire que tout, des scènes de sa vie avant l'homme et le Rédempteur, d'autant plus perturbantes que c'étaient elles qui semblaient irréelles.

Quand il se retrouva enfoncé jusqu'à la taille dans le trou qu'il avait creusé, il s'arrêta. Pouvait-il s'être trompé d'endroit ? Il avait bu cette nuit-là, et le terrain autour de lui était assez uniforme.

S'il n'avait pas trouvé dans la boue, une minute plus tard, le crucifix que Neil avait passé autour du cou de l'homme, il aurait creusé ailleurs. Mais en ramassant la petite croix en or qui brillait encore sous la lumière, il comprit qu'il était venu pour rien. L'homme n'était pas là. Ce qui restait de son cadavre calciné reposait six pieds sous terre au cimetière.

Tony contempla la tombe vide. Il avait envie de se glisser dans le trou et de se recouvrir de la terre qu'il avait retirée. Il aurait probablement pleuré s'il avait su que le pire était encore à venir.

Il ne se souvenait pas d'être revenu à la voiture, mais il se retrouva quelques minutes plus tard, épuisé, trempé et couvert de boue, derrière son volant. Le morceau de journal jauni qui l'avait conduit jusqu'à cet endroit désert traînait sur le siège du passager. Tony n'avait étudié que la première des annonces codées du Rédempteur, mais cela lui avait suffi.

Fran,

CAYOVLUKRRPUSZHTYLOPIUCETENEHRNIIUPR
ELUDMOAQMNASSTILTAAYVCLEOZJURNRAODE
NUYILJSYMYCTNEWOEQTPIEEJCNEIDULAKON
EPTAALOLEMRDGEETVJJUEEOUCRNXTEJARZV.

En partant de la première lettre et en ne gardant qu'une lettre sur trois, le message disait à Fran de traverser son lycée toute nue pendant le déjeuner. Mais bizarrement, personne de la bande n'avait pensé à étudier les lettres en plus. Et Tony ne s'était résolu à le faire qu'en désespoir de cause, pour ne pas revenir là où ils avaient enterré l'homme. Et c'était sa conversation avec Alison, au cimetière, qui l'avait décidé à en avoir le cœur net :

« Je ne voudrais pas qu'elle ait de la peine que ce bijou sorte de la famille.

— Je ne pense pas qu'elle en ait connu l'existence.

— Oh ? Mais si ça venait de sa famille ? »

Il était bien placé pour savoir que la mère de Neil ignorait l'existence de la bague parce que avant l'enterrement, il avait demandé à Mme Hurly s'il pouvait donner la bague à Alison. En outre, à la remarque d'Alison, il avait revu très nettement Neil hocher la tête lorsque celle-ci lui avait demandé si ce bijou venait de sa famille, lors de leur réunion chez Fran :

« Comment as-tu deviné ? avait-il demandé.

— Le vert est assorti à tes yeux. C'est magnifique. »

Neil avait-il menti ? Sur le chemin du cimetière, avec Alison, au milieu des rangées de tombes, il avait compris que seul quelqu'un aimant profondément l'homme qu'ils avaient enterré, qui le pleurait du fond du cœur, et qui, mystérieusement, s'identifiait à lui, pouvait se considérer comme de sa famille. Tony s'était alors souvenu que l'homme portait une très belle bague et que Neil avait été le dernier à le toucher, lorsqu'il lui avait croisé les mains sur la poitrine.

Le sablier était presque vide.

Neil était mort. Non, Neil était mourant.

A plusieurs reprises, Neil leur avait dit que le Rédempteur était juste devant eux. En commençant par la fin, en ne gardant qu'une lettre sur trois, l'annonce de Fran disait :

Va trouver la police, Tony, sinon je vais mourir. Neil Hurly.

Elle souffrait. C'était intolérable, et elle ne voulait pas sortir de son inconscience. Mais ses blessures la réveillaient malgré elle. Elle sentait une douleur lancinante à l'arrière de la tête, son bras lui brûlait, son dos était raide. Elle ouvrit les yeux à contrecœur, gênée par une lumière aveuglante.

Elle se trouvait dans une petite pièce carrée sans meubles, entourée de gens qui lui parurent familiers. Elle était assise par terre près d'une lampe sans abat-jour. Elle avait l'impression que ses mains et ses pieds étaient collés ensemble. Elle baissa les yeux et vit que ses chevilles et ses poignets étaient attachés par des chaînes. Elle tourna la tête, et une douleur fulgurante lui arracha un cri. Les autres personnes, assises elles aussi à même le sol, se tournèrent vers elle. Leurs images floues se chevauchaient, et elle mit un temps à ajuster sa vision. Le visage le plus proche lui rappelait une certaine Joan.

— Qu'est-ce que tu fais là ? murmura Alison d'une voix enrouée.

Elle voulut déglutir et se mit à tousser. Elle eut l'impression que sa tête allait exploser. Comme si on l'avait rouée de coups avec une batte. Elle se souvint alors qu'elle avait heurté un muret de brique. Le reste lui revint d'un coup. Elle ferma les yeux.

Neil. C'était Neil. Mais il était mort, pourtant.

— Je suis venue te tenir compagnie, dit Joan. Réveille-toi, Ali, l'heure de la sieste est passée.

— Chut ! (C'était Brenda.) Elle n'a pas l'air très bien.

— C'est parce qu'elle n'a pas eu le temps de se maquiller, lança Kipp.

Alison risqua un autre coup d'œil. A l'exception de Neil et de Tony, toute leur bande était là. Ils étaient tous attachés comme elle avec des paires de menottes entrecroisées. Brenda et Joan avaient un air pitoyable, et Fran, qui lui parut plus maigre que jamais, semblait avoir pleuré. Kipp, par contre, vêtu d'un pyjama vert avec un trèfle brodé sur la poche de poitrine, avait l'air en pleine forme.

— Mon Dieu ! souffla Alison.

Kipp sourit.

— Je vous avais dit qu'elle allait se croire arrivée au paradis ! Est-ce que tu te sens suffisamment bien pour recommencer à t'inquiéter ? demanda-t-il en se tournant vers elle.

— Comment va ta tête, Ali ? s'inquiéta Brenda.

Alison voulut toucher pour vérifier que sa tête était encore en un seul morceau mais ses mains liées à ses chevilles l'en empêchèrent. Elle serra la mâchoire et sentit que du sang coulait le long de son oreille droite.

— Merveilleusement bien. Depuis combien de temps suis-je ici, et où sommes-nous ?

— Presque deux heures, dit Kipp. Tu es dans une maison voisine de la tienne. Ça t'intéresse d'entendre nos aventures ? Nous sommes fatigués de nous les raconter.

Elle referma les yeux. Si elle restait parfaitement immobile, c'était supportable.

— Donnez-moi les grandes lignes.

— Tu commences, Fran, dit Kipp, jouant les animateurs.

— Il va nous tuer ! gémit Fran. Il va nous emmener là où on a renversé le type, il va nous jeter sur la route et nous écraser.

— Allons, allons, la gronda doucement Kipp. Ne lui gâche pas la fin. Raconte-lui plutôt comment nous avons été enlevés.

Fran essaya de parler mais elle ne réussit qu'à bafouiller de façon inintelligible. Ce qu'elle avait dit n'avait guère surpris Alison. Que le Rédempteur veuille tous les tuer n'était pas vraiment une nouvelle pour elle.

— L'histoire de Fran n'est pas très intéressante, reprit Kipp. Elle était à Bakersfield, chez sa grand-mère, lorsque son amoureux, le Rédempteur, est venu lui rendre gentiment visite. Elle était si émue que lorsqu'il lui a proposé d'aller se promener et qu'il lui a offert je ne sais quel whisky-coca à la codéine, elle n'a pas réfléchi. Moi, au moins, j'avais une excuse, j'étais ivre quand j'ai bu la drogue que Neil a dû glisser dans ma bière. Évidemment, c'est la version que Fran nous a donnée. Personnellement, je crois plutôt que Neil l'a tout simplement embrassée et qu'elle s'est évanouie à ses pieds.

— Je ne l'ai pas embrassé ! protesta-t-elle, outrée.

— Et lui, il ne t'a pas embrassée ? demanda Kipp. Pendant toutes ces heures où tu es restée inconsciente dans la camionnette qu'il a volée, il a pu te faire des tas de choses !

— Neil n'aurait jamais... commença Fran, qui s'interrompit en s'apercevant que défendre Neil était plutôt malvenu.

— Kipp, raconte-moi ! au lieu de dire des bêtises, gémit Alison, exaspérée.

— Mais tu n'es donc pas contente de voir que je suis en vie ? Joan n'avait pas l'air ravie mais Brenda m'a sauté au cou ! s'exclama Kipp.

— Je t'embrasserai plus tard si nous sommes toujours vivants.

— En fait, remarqua Kipp, aucune de nos histoires n'est vraiment intéressante. Je suis allé me coucher un soir dans ma chambre et je me suis réveillé le lendemain dans celle-ci. Fran et moi, nous nous tenons compagnie depuis ce jour-là. Elle n'est pas du tout comme je le croyais. Sais-tu qu'elle a peint une affiche de David Bowie nu ?

— Kipp ! gémit Fran.

— Neil nous a nourris, continua Kipp. Pour le déjeuner, nous avons eu des pommes, et pour le dîner, hier soir, des pommes. Les délicieux repas pour condamnés à mort, apparemment, c'est pas son truc. La semaine dernière, pourtant, il nous a rapporté un régime de bananes.

— On était à un pâté de maisons de chez toi, lorsque Neil a bondi devant la voiture en nous faisant signe de nous arrêter, dit Brenda. C'était Joan qui conduisait. Bon sang, qu'est-ce qu'on a eu peur !

— Moi, j'ai surtout eu peur lorsqu'il a sorti son putain de fusil, grommela Joan.

— Il a une arme ? demanda Alison.

— Oui, dit Kipp. Il ne t'a pas montré le joli petit trou noir au bout du canon ? Dis-nous plutôt comment il t'a capturée. Nous l'avons entendu mettre la musique et passer la cassette avec des bruits de fête. Je parie que tu as cru que tu arrivais à une soirée.

— Évidemment, marmonna-t-elle.

— Nous avons entendu un coup de feu, dit Brenda. Qu'est-ce qui s'est passé ?

— Je l'ai raté. Deux fois. C'est une longue histoire.

Elle remarqua brusquement que cette pièce, les meubles mis à part, était rigoureusement identique à sa chambre. Une paire de jumelles était abandonnée près de la fenêtre. Voilà pourquoi, même avant l'arrivée de la première lettre, elle s'était sentie observée.

— Comment as-tu survécu après avoir perdu tout ce sang ? demanda-t-elle à Kipp.

— Brenda m'a raconté. Quelle sortie théâtrale ! Une traînée de sang jusque dans la rue ! Il faut reconnaître que Neil a du style. Mais pour te dire la vérité, à ma connaissance, je n'ai pas versé une seule goutte de sang.

— Intéressant, fit Alison.

La police avait vérifié qu'il s'agissait bien de sang humain. Avec sa maladie, il était facile pour Neil de se procurer des calmants. Et il avait probablement trouvé ces menottes dans un surplus de l'armée. Mais où avait-il pu prendre du sang? Dans ses propres veines. L'avait-il siphonné pendant plusieurs jours d'affilée? Si c'était le cas, cela éclairait sa folie d'un jour nouveau. Il était prêt à se torturer lui-même autant que les autres.

— Neil t'a-t-il beaucoup parlé? demanda-t-elle.

— Brenda nous a expliqué pour son cancer, répondit Kipp, voyant où elle voulait en venir. En l'observant ces deux dernières semaines, Fran et moi en étions arrivés à soupçonner quelque chose de ce genre. Il ne se plaint pas mais il souffre vraiment. Je suis certain que c'est la maladie qui l'a rendu fou. Je n'arrive pas à lui en vouloir. Il ne sait pas ce qu'il fait, le pauvre.

Elle hocha la tête mais cette explication lui paraissait un peu simpliste : une tumeur au cerveau, et le malade se mettait à massacrer tout le monde! Le Rédempteur (elle ne pouvait pas se résoudre à lui donner le nom de Neil) avait parlé à plusieurs reprises de leur faute. Pouvait-il avoir trouvé (dans sa perversité) une justification valable à ses actes? Si tel était le cas — et elle avait une petite idée là-dessus —, elle avait peut-être une chance de se faire entendre de lui.

— Où est-il? demanda-t-elle.

— En bas, répondit Fran. Il a une toux abominable. Je pense qu'il va mourir.

— Prions pour qu'il se dépêche, dit Brenda.

— C'est horrible de dire une chose pareille! protesta Fran.

— C'est toi qui avais peur de te faire écraser sur cette route déserte, répliqua Brenda.

— Et alors? Toi aussi!

— Exactement ce que je disais! Il est cinglé. Il est...

— Taisez-vous, toutes les deux, dit Alison. Kipp, est-ce que Neil t'a déjà parlé à la façon du Rédempteur?

— Non, pas exactement, mais il dit qu'il nous faut expier nos péchés.

— Avez-vous tenté de le ramener à la raison?

— Sans arrêt. Et il nous écoute. Neil a toujours su écouter les autres. Mais il ne nous a pas relâchés pour autant; il n'a même pas essayé de négocier; il nous a juste rapporté de nouveaux sacs de pommes. Par contre, toi, il t'écouterait peut-être, ajouta Kipp, pris d'un espoir subit. Il a parlé plusieurs fois de toi, comme ça, sans rien dire de spécial.

— Favorablement ou négativement?

— Les deux, à mon avis.

— Tu crois vraiment qu'il a l'intention de nous tuer?

Kipp hésita.

— Je le crains. Je crois qu'il attend simplement qu'on soit tous réunis. Il est fou.

— Mais est-il capable de nous tuer?

— Alison, un type capable de manigancer un truc pareil est capable de tout.

— Mais nous ne sommes pas encore tous réunis, remarqua-t-elle. Où est Tony?

— Mort, souffla une voix triste et lasse, depuis le seuil de la porte.

Neil avait une mine épouvantable. Sa peau jaune, parcheminée, plissait sur son visage comme une vieille enveloppe trop large. Il avait le dos voûté, et on voyait bien que sa jambe droite le faisait souffrir. Ses yeux, d'un vert jadis irrésistible, n'avaient plus de couleur, et son blouson de cuir sale était déchiré à l'épaule et taché de sang. Quand Alison avait cru tirer sur Joan, il avait dû s'écarter de la porte, mais pas assez vite.

« Tony », gémit-elle intérieurement. Après chaque nouvelle épreuve, ce soir, elle avait su retrouver des forces. Mais si Tony avait disparu, elle était fichue. Ses yeux se brouillèrent, et elle entendit pleurer, non pas Fran, mais Joan.

Neil avança en claudiquant dans la pièce. D'une main, il tenait une seringue et, de l'autre, un flacon pharmaceutique rempli d'une solution incolore. Il avait visiblement l'intention de les endormir avant de les tirer jusqu'à la camionnette pour les emmener sur la route déserte. Il s'agenouilla près d'Alison en chancelant et sortit de sa poche une bouteille d'alcool à 90° et du coton. Sa respiration était déchirante. Il fuyait son regard.

— Neil, chuchota-t-elle. Tu as vraiment tué Tony?

— Il s'est tué tout seul, répondit-il doucement, en disposant soigneusement les boules de coton comme l'aurait fait une infirmière.

— Est-il vraiment mort? le supplia-t-elle.

Neil baissa les yeux et hocha la tête. Une douleur transperça le cœur d'Alison, si aiguë qu'elle lui fit oublier toutes les souffrances de son pauvre corps. Mais elle se raccrocha à un dernier espoir.

— Tu... Tu n'aurais jamais tué ton ami, bégaya-t-elle.

Il continua d'arranger ses boules de coton sans répondre. Elle se pencha vers lui.

— Bon sang! Réponds-moi! Tony était ton meilleur ami!

Le visage de Neil trahissait une souffrance infinie. Il se redressa et la regarda droit dans les yeux.

— Il s'est tué tout seul, répéta-t-il.

Soudain, elle comprit qu'il parlait au figuré. Elle reprit espoir et lui parla plus calmement.

— Neil, quand Tony et moi étions à ton enterrement, quand nous te croyions mort, il m'a dit ce que tu éprouvais pour moi. Il m'a dit que je comptais beaucoup pour toi. Eh bien, toi aussi, tu comptes beaucoup pour moi.

Il jeta un coup d'œil vers la fenêtre masquée. Dans le coin à droite, on voyait un endroit dégagé. C'était par là qu'il avait dû l'épier.

— Ce n'est pas vrai. Je n'ai compté que pour cet homme.

— L'homme? Mais, Neil, cet homme était un étranger.

— C'était un être humain. On lui a fait du tort et il ne s'est jamais plaint. Comment aurait-il pu le faire? On ne lui en a pas donné l'occasion, ajouta Neil en baissant la tête. Il aurait pu être mon ami.

L'émotion dans la voix de Neil la fit hésiter. Tandis qu'elle cherchait comment toucher le cœur du Neil d'autrefois, son regard tomba sur le revolver passé dans sa ceinture. Elle était pieds et poings liés mais ses doigts étaient libres, et l'arme n'était pas très loin.

— Je suis ton amie, reprit-elle prudemment. Nous sommes tous tes amis. Nous faire du mal ne ramènera pas cet homme à la vie.

— C'est ce que je lui ai dit, intervint Kipp d'une voix enjouée.

— Je ne veux pas le ramener à la vie. Je veux simplement que nous allions tous le rejoindre, dit Neil, le regard perdu dans ses pensées. Tu es très jolie, Alison, et, vois-tu, il est très seul.

Elle voyait parfaitement. Elle changea légèrement de position pour se rapprocher de l'arme. Après cette manœuvre, les mots qu'elle prononça lui parurent particulièrement hypocrites:

— Il n'est pas seul. C'est toi, Neil, qui es seul. Libère-nous. Nous resterons avec toi.

— Vous feriez ça? demanda-t-il innocemment, très surpris.

— Oui. N'aie pas peur. Nous t'aiderons à supporter ta douleur.

Un frisson parcourut le corps de Neil.

— La douleur, murmura-t-il d'un ton rêveur. Tu ne peux pas comprendre ce que c'est. Tu ne t'es jamais intéressée à moi, ajouta-t-il en plissant les yeux.

— Mais si, dit-elle de sa voix la plus convaincante. Je pensais souvent à toi. L'autre jour, je disais encore à Tony...

— Tony! s'écria-t-il d'une voix ulcérée. Tony savait ce que j'éprouvais pour toi! Mais il s'en est fichu. Il prenait tout ce qu'il voulait. Il a pris la vie de l'homme. Il t'a prise. Il prenait et prenait toujours sans jamais rien donner en échange. Il n'a même pas voulu aller à la police.

Un spasme souleva son estomac et il se plia en deux de douleur. Elle se contorsionna pour s'approcher un peu plus. Le revolver, le revolver...

— Il avait peur, Neil. Il était comme toi. Comme moi. Tu peux le comprendre.

Il secoua la tête en fermant les yeux.

— Non, je n'arrive pas à comprendre, grommela-t-il.

La crosse du revolver était à moins de quarante centimètres de ses doigts, et il y avait bien vingt centimètres de jeu dans les menottes entrecroisées. Si elle pouvait continuer à le faire parler...

« Mon Dieu, soyez bon avec moi, juste cette fois. »

Malheureusement, au même moment, Neil se redressa pour prendre la seringue.

— Pour comprendre, nous devons retourner là où tout a commencé, sur la route, dit-il, retrouvant ses esprits.

Il piqua l'aiguille dans le flacon et aspira le liquide transparent dans la seringue. Il releva une jambe du pantalon d'Alison et prit une boule de coton.

— Mais tu m'avais promis de me raconter ton rêve, dit-elle précipitamment, jouant sa dernière carte.

Une goutte perla au bout de l'aiguille et refléta la lumière de l'ampoule, brillant comme un diamant mortel. Il était tout à fait capable de les achever d'une overdose. Pourtant, il parut hésiter et la comédie continua.

— Quand?

— Quand nous étions dans la rue devant chez Kipp, en pleine nuit. Avant que Tony nous rejoigne, nous étions seuls, tous les deux, et je t'ai parlé des cauchemars qui m'effrayaient tant. Et tu

136

as essayé de me remonter le moral. Tu as commencé à me parler d'un rêve merveilleux plein de couleurs, de musique et de chansons.

— Quelle nuit! soupira Kipp.

— Et alors? dit Neil, en baissant l'aiguille.

— Je t'ai demandé si j'étais dedans.

Neil tressaillit.

— Non.

— Si, souviens-toi. J'ai commencé à te le demander quand Tony est arrivé. Je voulais savoir si je comptais pour toi au point que tu rêves de moi.

Elle bascula ses pieds de l'autre côté, d'un air totalement innocent. Neil écoutait. Pourvu que Kipp ne dise rien! A la prochaine inattention de Neil, elle plongerait sur le revolver.

— Je rêve d'un tas de choses. De toi aussi. Mais je ne vois pas en quoi cela t'intéresse.

Elle retint sa langue. En dépit de ce qu'il venait de dire, elle voyait bien qu'il souhaitait la croire. Sa folie et sa maladie mises à part, il était comme tout le monde. Il voulait s'entendre dire qu'il n'avait pas perdu son temps à aimer quelqu'un qui s'en fichait complètement. Il passa une main tremblante dans ses cheveux emmêlés.

— Tu étais toujours très occupée, reprit-il d'une voix plus forte. J'ai essayé de te parler. Je t'ai téléphoné. Mais tu avais toujours plein de trucs à faire. Ce n'était pas grave, je le comprenais. Je pouvais attendre. J'aurais pu attendre longtemps. Et puis, un jour... j'ai compris que je ne pouvais plus attendre indéfiniment, même pas jusqu'à l'été, quand tu serais plus disponible. J'ai compris que j'allais finir comme l'homme...

— Et comment était-ce dans tes rêves? C'était différent?

Elle serait sûrement maudite jusqu'à la fin de ses jours, car tout en posant sa question elle se pencha en lui faisant signe de lui parler à l'oreille, prête à tout pour approcher la main de la crosse noire. Neil était encore trop naïf pour faire un bon meurtrier. Il fit exactement ce qu'elle voulait.

— Je n'étais jamais malade dans mes rêves. Nous étions...

« Je t'écoute. »

Elle saisit le revolver. A côté du fusil, il était d'une facilité déconcertante à manipuler. Le doigt sur la détente, elle lui plaqua l'arme entre les deux yeux avant qu'il ait eu le temps de dire ouf.

— Désolée, dit-elle dans un souffle.

Il encaissa cette trahison en silence et se recula. Avant, c'était lui qui avait honte de la regarder dans les yeux. Maintenant, les rôles étaient inversés. Il ne dit rien et attendit.

— Je veux la clé des menottes, dit-elle. C'est tout ce que je veux.

— C'est tout ce que tu veux !

— Ne le tue pas ! s'écria Fran.

— Neil, reprit Alison d'une voix ferme, je t'ai tiré dessus deux fois ce soir. Je ne te raterai pas, ce coup-ci. Donne-moi la clé, dit-elle en brandissant son arme.

Il leva la seringue. Elle ne lui faisait pas peur. Quand elle s'était ruée sur le revolver, elle n'avait pas envisagé une seule seconde qu'elle puisse avoir à s'en servir. Il chassa les dernières bulles d'air de la seringue, deux gouttes de liquide tombèrent par terre.

— Je ne l'ai pas, dit-il.

— Va la chercher !

— C'est l'homme qui a la clé.

— Écoute-moi bien, tu vas te retrouver en aussi mauvais état que lui si tu ne vas pas la chercher tout de suite.

Neil hocha la tête.

— On en revient toujours au même point.

Il dévissa le bouchon de la bouteille d'alcool et en imprégna une des boules de coton.

— Kipp ? gémit Alison.

— Quoi qu'il arrive, ne lui donne pas le revolver, dit Kipp de sa voix la plus rassurante.

Tout lui paraissait irréel. A l'aide du coton, Neil lui désinfecta le mollet. Il cherchait à se faire tuer, se dit-elle. Elle n'avait qu'à fermer les yeux, appuyer sur la détente, et elle ne verrait rien du massacre.

« Il va mourir de toute façon. Ce sera rapide. »

— Neil ? le supplia-t-elle d'une voix tremblante.

Il secoua la tête.

— Je ne veux plus t'écouter. Tu ne dis que des mensonges. Tu te fous de moi.

Et, telle une infirmière s'apprêtant à faire une piqûre, il lui pinça la peau.

— Je te jure que je vais te tuer ! s'écria-t-elle.

138

— Je sais que tu le feras, dit-il tristement, suspendant son geste pour la regarder une dernière fois droit dans les yeux. Tu es comme Tony, exactement comme lui. Depuis l'été dernier, il me tue à petit feu.

Elle arma le chien. Neil était atteint d'un cancer en phase terminale. Sa mère l'avait déjà enterré. On l'avait pleuré et on lui avait rendu les derniers hommages. Elle ne ferait qu'entériner un fait acquis.

« Tu étais son amour. »

Mais éteindre la flamme ténue qui brûlait encore au fond de son regard était au-dessus des forces d'Alison.

« — Allô, Alison, c'est Neil. Ça te plairait de venir avec moi au cinéma, vendredi prochain ?

— Comme c'est gentil ! J'aurais bien aimé, mais je suis prise.

— Et samedi ?

— Je suis désolée, Neil, samedi non plus.

— Tant pis. »

— Je veux bien te donner le revolver, chuchota-t-elle, alors que l'aiguille n'était plus qu'à quelques millimètres de ses veines. Si cela suffit à te prouver que je tiens à toi.

— Non !!! hurlèrent Kipp, Brenda et Fran d'une seule voix.

Neil réfléchit et finit par hocher la tête. Elle lui tendit le revolver. Il le prit et le posa par terre, derrière lui.

— Merci, Alison.

Et il lui planta l'aiguille dans le mollet.

La pluie faiblissait. Il n'y avait personne sur l'autoroute, et il roulait vite. Il ne lui restait plus qu'à aller trouver la mère de Neil, après ce qu'il avait découvert. C'était une évidence. Pourtant ses doutes ne cessaient de grandir. Il ne pouvait pas dire à Mme Hurly que son fils était encore vivant sans lui raconter la machination diabolique du Rédempteur. Que pouvait-il inventer pour cacher la vérité ? Et d'un autre côté, comment pourrait-elle le croire ? La seule chose qu'elle voudrait bien admettre, c'est que son fils était encore vivant, qu'il se cachait et qu'il souffrait encore. Neil mourrait deux fois, pour elle, et tout ce qui arriverait par la suite ne pourrait que ternir sa mémoire.

Que faire ? Il en était là de ses réflexions, lorsqu'il arriva à un embranchement : la maison d'Alison n'était qu'à une trentaine de kilomètres. Dès qu'il pensait à elle, il revoyait toutes les fois où Neil lui avait dit combien elle était belle. Neil avait même dit, un jour, qu'il pourrait passer la journée à la regarder.

« C'est comme ça que je vois le paradis, Tony. »

Où va-t-on après son enterrement, si ce n'est au paradis ?

Tony prit la branche de l'autoroute qui partait vers le nord et accéléra. Il n'avait pas parlé à Alison de la journée.

Une demi-heure plus tard, il empruntait sa rue, inondée. Les constructeurs de la nouvelle résidence avaient encore une ou deux leçons à prendre sur l'écoulement des eaux de pluie. En passant, il remarqua des lumières dans une maison à une centaine de mètres de chez elle. Il en déduisit qu'une autre famille venait de s'installer.

Il se gara devant la maison plongée dans l'obscurité. Il savait que les parents d'Alison n'étaient pas là. Il était presque minuit et, s'il frappait à la porte, il allait sûrement l'effrayer. D'un autre côté, ce ne serait peut-être pas une mauvaise idée de la réveiller pour la ramener chez Brenda ou chez lui.

« Oh, Neil, non ! »

La porte d'entrée était grande ouverte. Il bondit hors de sa voiture et courut jusqu'au porche. Le panneau vitré le long de la porte était fendu. Le verre était couvert de taches sombres : du sang. Rassemblant tout son courage, il entra. Il fallait agir. Et ne pas réfléchir.

Aucune lampe ne voulut s'allumer. Il n'en avait pas besoin pour deviner que la maison était vide. Il le sentait, non pas à l'absence de bruit mais à l'atmosphère des lieux. Comme si toute vie en avait été éradiquée. Il alla jusqu'à la porte de derrière. En dépit de sa résolution, son cœur se mit à battre à se rompre, lorsqu'il vit la porte en éclats. S'approchant à contrecœur, il sortit pour aller vérifier les disjoncteurs et remarqua qu'ils étaient tous baissés. Il rétablit le courant, retourna à l'intérieur et monta à la chambre d'Alison. Il n'y avait pas une seule marche qui ne fût tachée de sang.

Son courage faillit s'évanouir devant la porte fracassée. Mais il retrouva son sang-froid en remarquant que le coup de feu avait été tiré de l'intérieur et qu'il n'y avait pas de sang dans le couloir. Il alluma la lampe de chevet et s'assit sur le lit. Il avait l'impression de se retrouver dans la tombe de l'homme, mais cette fois, tous ses amis étaient avec lui et ils n'arrêtaient pas de lui demander pourquoi il les avait conduits dans un endroit aussi horrible.

Les secondes passaient. Dans un état à moitié comateux, il décrocha le téléphone. Il allait appeler la police. Il leur raconterait tout. Puis il s'allongerait sur le lit d'Alison en s'imaginant qu'elle était là, contre lui.

Mais le téléphone ne marchait plus et, soudain, cela lui parut sans importance. Il se souvenait de la soirée dans la voiture avec Alison, alors qu'il était garé à moins de cinquante mètres de là. Il l'avait embrassée et il aurait voulu l'embrasser pendant des heures. Mais, pensant alors à Neil, il s'était senti coupable. En fait, il ne s'était pas mis à penser à Neil, il avait senti sa présence. Comme si Neil s'était trouvé à côté, à le regarder profaner sa déesse.

Tony laissa retomber le téléphone pour aller à la fenêtre. La maison, là-bas, avec de la lumière, était celle qui avait attiré son attention le soir de leur rendez-vous. Il était passé devant sans même ralentir. Quel idiot !

Il se rua dehors. Par miracle, il aperçut la chaussette trempée au milieu de la route. Elle était bleue, la couleur préférée d'Alison. Et les preuves s'accumulaient. Il y avait un fusil dans l'herbe près du porche. Il l'ouvrit et renifla la chambre. Les deux canons avaient fait feu récemment.

Il rentra sans frapper. La porte n'était pas fermée. En dehors des lampes, il trouva la salle de séjour et le bureau vides. Il se dirigea alors vers la cuisine où il découvrit un lit de fortune : un médiocre matelas de mousse, une couverture en lambeaux et un oreiller sans taie couvert de longs cheveux bruns. A côté se trouvaient le lecteur de cassettes de Neil et un trousseau de clés minuscules qu'il glissa dans sa poche. Il y avait également une bouteille de sirop pour la toux et deux flacons de médicaments. Ce qui lui rappela beaucoup de souvenirs et, en particulier, que de tous les gens qu'il avait rencontrés, Neil était la personne qu'il avait le plus aimée.

Il se dirigea ensuite vers l'escalier et monta à pas de loup. Arrivé à la dernière marche, il entendit des bruits de voix. Elles venaient de derrière une porte et, à son grand soulagement, il reconnut parmi elles celle d'Alison. Il allait se ruer vers elle, lorsqu'il entendit la voix de Neil. Il avança sur la pointe des pieds et regarda par l'entrebâillement de la porte. Toute la bande était là. Fran avait l'air en bonne santé, quoiqu'un peu amaigrie, et

Kipp semblait en pleine forme. Par contre, Alison avait le bras gauche en charpie. Mais elle était vivante, et c'était tout ce qui comptait. Neil n'était pas un assassin, finalement, se dit Tony, soulagé. Mais il ne fallait pas oublier qu'il avait un revolver dans sa ceinture, Tony était bien placé pour le savoir, et ce serait une bêtise que de faire confiance à Neil et d'oublier le Rédempteur. Qui étaient-ils tous les deux? Quel lien existait-il entre eux?

— Ce n'est pas vrai, disait Neil à Alison. Je n'ai compté que pour cet homme.

— L'homme? Mais, Neil, cet homme était un étranger.

— C'était un être humain. On lui a fait du tort et il ne s'est jamais plaint. Comment aurait-il pu le faire? On ne lui en a pas donné occasion. Il aurait pu être mon ami.

— Je suis ton amie. Nous sommes tous tes amis. Nous faire du mal ne ramènera pas cet homme à la vie.

A les écouter et à les regarder, deux choses frappèrent Tony. D'abord, Alison tenait autant à émouvoir Neil qu'à lui prendre son revolver. Le mouvement de ses yeux la trahissait. Et ensuite, malgré ses doigts qui lui démangeaient, elle faisait un sacré travail de psychologie pour forcer Neil à regarder la vérité en face. Et elle progressait rapidement. Au fur et à mesure de la conversation, Neil répondait de mieux en mieux à ses questions. En fait, il devenait douloureusement lucide.

— Tony! Tony savait ce que j'éprouvais pour toi! Il prenait et prenait toujours, sans jamais rien donner en échange.

Tony était indéfendable. C'était vrai. Il avait toujours été gentil avec Neil. Et en même temps, il avait tranquillement profité de lui. Neil n'était pas un saint. Il était capable de se mettre en colère comme tout le monde. Mais, quelle que soit la situation, il s'était toujours plus inquiété de respecter les sentiments de Tony Hunt que les siens. Alors que Tony Hunt était tout simplement fier d'inspirer une telle dévotion à un type comme Neil. L'affection de son ami n'était qu'une façon de plus de le mettre en valeur. Quoi qu'il en soit, il y avait autre chose derrière cette folie, quelque chose que Neil ne disait pas. Il était évident que Neil lui reprochait la mort de l'homme et de lui avoir volé Alison, mais ce n'étaient que des prétextes. Il en était sûr, pour la simple raison que Neil ne lui avait jamais rien reproché auparavant.

— ... Je voulais savoir si je comptais pour toi au point que tu rêves de moi.

142

— Je rêve d'un tas de choses. De toi aussi. Mais je ne vois pas en quoi cela t'intéresse.

Tony n'arrivait pas à croire que Neil se faisait avoir comme ça. Cherchait-il à se faire tuer ? A moins que le revolver ne soit pas aussi dangereux qu'on pouvait le croire.

« Tu crois que le Rédempteur n'en aura pas peur s'il est vide.
— Pas s'il le sait. »

— ... Et puis, un jour... continuait Neil, j'ai compris que je ne pouvais plus attendre indéfiniment, même pas jusqu'à l'été, quand tu serais plus disponible. J'ai compris que j'allais finir comme l'homme...

— Et comment était-ce dans tes rêves ? C'était différent ?
— Je n'étais jamais malade dans mes rêves. Nous étions...

Ô mon Dieu, elle avait le revolver ! Cette Alison avait un sacré cran ! Il ne lui restait plus qu'à ouvrir la porte d'un coup et à jouer les héros. Il resta là où il était. S'il intervenait maintenant, il risquait de rompre le fragile dialogue qui s'était instauré entre Alison et Neil. Neil risquait de se refermer définitivement sur lui-même et de mourir incompris.

— Donne-moi la clé !
— Je ne l'ai pas.
— Va la chercher ! hurlait Alison en brandissant l'arme.

« Tu ne peux pas le menacer, Alison. Il n'a rien à perdre. »

Tony se laissa tomber à genoux, ses ongles plantés dans ses paumes. Le courant d'air frais qui montait de la porte d'entrée ouverte lui glaçait le dos tel le souffle de la Mort.

— Je ne veux plus t'écouter. Tu ne dis que des mensonges. Tu te fous de moi.
— Je te jure que je vais te tuer ! criait-elle.
— Je sais que tu le feras. Tu es comme Tony, exactement comme lui. Depuis l'été dernier, il me tue à petit feu.

« Vengeance divine... tout le temps, il ne m'a parlé que de ça. »

Enfin, Tony crut comprendre. Loin de lui l'idée de se prendre pour un psychiatre, mais il voyait se dessiner une explication. Neil avait pris la cause de l'homme pour son compte et s'était identifié à lui au-delà de l'imaginable. Toutes les phrases un peu étranges dans les lettres du Rédempteur devaient venir de cette identification anormale. Et qu'Alison l'ait rejeté en faveur de celui qui avait tué l'homme n'avait rien arrangé. En fait, la cause

143

de tout ce gâchis était assez simple. Neil pensait qu'il était tombé malade parce qu'il avait commis une grande faute, et que son cancer était une punition méritée. Au fur et à mesure que la maladie progressait et que la douleur s'intensifiait, il avait dû finir par se convaincre qu'il serait guéri s'ils allaient confesser leur crime. L'accident était peut-être la cause de sa maladie. Qui peut savoir dans quelle mesure la culpabilité peut aggraver une affection ?

Tony était tellement pris dans son analyse qu'il ne réagit pas tout de suite à la reddition d'Alison. Mais lorsqu'il vit Neil poser le revolver derrière lui et prendre la seringue, il décida que cela avait assez duré. Sa décision arrivait un peu tard. Il poussa la porte d'un coup de pied au moment où l'aiguille pénétrait dans le mollet d'Alison.

Neil ne réagit pas comme un homme malade. Un coup d'œil sur ce visiteur inattendu, et il bondit sur ses pieds, reculant dans un angle en traînant Alison par la gorge. Avec ses deux paires de menottes toujours attachées, ses bras tendus vers ses jambes, elle était un fardeau encombrant. La seringue, toujours plantée dans son mollet, se balançait dangereusement, encore pratiquement pleine. Le revolver était resté par terre. Neil n'en avait pas besoin. Un couteau à cran d'arrêt se matérialisa brusquement dans sa main.

— Bonsoir, Neil, dit Tony, gardant ses distances.

Neil pressait la pointe du couteau sur la gorge d'Alison. Les yeux écarquillés, elle restait néanmoins parfaitement immobile.

— Bonsoir, répondit Neil d'une voix hésitante.

— Comment vas-tu, Tony ? dit Kipp. Je parie que tu es content de me voir.

Tony osa un premier pas, puis un deuxième. Neil appuya légèrement la pointe du couteau, et Alison laissa échapper un cri. Tony se figea.

— J'ai lu ton message secret dans le journal, dit-il. On peut en parler ?

— Nous avons déjà parlé, dit Neil. Tu adores parler.

L'atmosphère de la pièce était oppressante. La tension était si forte qu'elle semblait étouffer tous les bruits extérieurs. Tony n'entendait que les battements de son cœur, la respiration angoissée de ses amis, et rien d'autre. Comme si le reste du monde avait cessé d'exister.

— Je veux aller me livrer à la police, dit-il sincèrement. Lâche Alison.

— C'est trop tard.

— Non, ce n'est pas trop tard. Nous sommes toujours amis. Peu importe ce que tu ressens, tu es toujours l'un des nôtres.

— Je ne suis pas des vôtres ! cria Neil.

La main qui tenait le couteau tremblait. Une goutte de sang grosse comme une tête d'épingle apparut sous le menton d'Alison et roula jusqu'au col de son pull. Elle ne dit rien.

— Je n'aurais jamais fait ce que vous avez fait. L'homme...

— Oublie l'homme, le coupa Tony, craignant qu'il ne se relance dans les élucubrations du Rédempteur.

Il avança encore d'un pas.

— Parlons plutôt de toi, Neil, et de moi. Tout ceci est entre nous. Tu ne voudrais pas faire de mal à Alison.

— Je vous veux tous du mal ! cria Neil. Vous n'avez pas arrêté de m'en faire ! Avec vos bourses du M.I.T., vos peintures, vos dons, vos trophées ! Et moi ? J'en voulais aussi ! Mais vous ne m'avez jamais laissé la moindre chance ! (Il jeta un regard féroce à Alison, qui avait les yeux mi-clos.) Tu as même voulu me tuer !

La condamnation fit à Tony l'effet de la foudre. La pointe du couteau était effilée, et une simple pression suffirait pour qu'Alison se vide de son sang. Il fallait absolument la sauver. C'est alors que le regard de Tony se posa sur Fran. Pâle et morte d'angoisse, elle n'avait rien d'une héroïne, mais les derniers mois avaient démontré à Tony combien les apparences pouvaient être trompeuses. Il s'écarta de Neil et d'Alison, vint s'agenouiller près d'elle et sortit de sa poche le trousseau de clés qu'il avait ramassé près du matelas, dans la cuisine. Avec la première clé, il réussit à ouvrir les menottes de Fran.

— Va chercher Ali, dit-il doucement en lui donnant les clés. N'aie pas peur.

— Il... Il est malade ? demanda-t-elle d'une voix hésitante.

Il hocha la tête.

— On lui a fait du mal. On s'est servi de lui. Mais toi, tu ne lui as jamais rien fait. Il ne te touchera pas.

Il l'aida à se lever car elle était tout ankylosée, puis, avec un calme stupéfiant, elle s'approcha de Neil et d'Alison. Neil ne savait plus quoi faire.

— Reste où tu es ! dit-il.

— Elle vient juste chercher Alison, lança Tony.

Neil secoua la tête d'un air farouche.

— Je ne veux pas la lâcher ! Je ne peux pas la lâcher !

— Alors prends-moi à sa place, proposa Fran de sa voix douce.

Kipp faillit se mettre à rire, mais, heureusement, il se retint. La proposition n'avait rien de drôle. Elle était sincère et elle toucha Neil plus que tout ce qu'ils avaient pu dire. Il lisait dans les esprits. Fran avait toujours eu un faible pour lui. Elle n'essayait pas de le manipuler, il le voyait. Et il croyait voir autre chose. Son regard s'éclaircit. Fran tendit la main. Comme en transe, il la prit pour la refermer sur la main d'Alison, et hocha la tête d'un air résigné. Il baissa son couteau, et Fran ouvrit les menottes d'Alison avec les clés. Mais aucune des deux filles ne bougea ; elles attendaient que Neil prenne une décision. Il les écarta de lui et s'adossa au mur, tenant à peine debout, son couteau toujours à la main.

Sa folie s'était dissipée, mais un nouveau danger l'avait aussitôt remplacée.

« Il va se suicider... »

— Laissez-moi, dit-il d'une voix éteinte.

Tony s'approcha de lui.

— Je reste avec toi.

— Combien de temps ? demanda Neil, la bouche déformée par une souffrance insupportable. Jusqu'à la fin ?

Les larmes roulaient sur ses joues décharnées. Ses yeux injectés de sang se posèrent sur le couteau qu'il pointa lentement sur son cœur.

— C'est la fin, annonça-t-il, découragé.

— Mais tu n'as rien fait de mal, l'été dernier, implora Tony en faisant encore un pas vers lui, le cœur brisé de chagrin. Et tu n'as pas fait de mal aux filles, ni à Kipp, ni à moi. Pourquoi te punir d'un crime que tu n'as pas commis ?

Neil les dévisagea les uns après les autres d'un regard plein d'amour. Mais la honte assombrit à nouveau son visage, et la pointe du couteau s'arrêta sur la chair vulnérable, au-dessous de ses côtes. Tony voulut lui prendre le couteau mais Neil l'arrêta avec son autre main.

— J'ai fait assez de mal, dit-il.

Tony secoua la tête, la gorge nouée.

— Tu n'as rien fait de mal. Neil, j'ai toujours, toujours, pensé que tu étais le meilleur d'entre nous. Ne fais pas ça, je t'en prie.

Neil renversa la tête en arrière et ferma les yeux.

— Le médecin n'a pas prononcé le nom, murmura-t-il, mais je savais ce que c'était, j'avais lu des trucs là-dessus. Quand j'allais me coucher le soir, j'essayais de ne pas y penser. Et puis j'ai commencé à souffrir; tout me faisait mal, et j'ai eu peur. On me donnait tellement de médicaments que j'étais malade tout le temps. Je n'arrêtais pas d'y penser et de m'inquiéter, et cette idée m'est venue tout d'un coup, et je n'ai pas pu m'en débarrasser. Je ne sais pas d'où c'est sorti. C'était comme si une voix me disait, là est la vérité, là est le mensonge. Elle ne se taisait jamais! J'étais bien forcé d'écouter, et alors... j'ai fait tout ça.

Il tressaillit comme s'il avait été frappé, et sa main se crispa sur le couteau.

— Je suis désolé, Tony, je ne peux plus le supporter.

« Alors, je vais t'aider », pensa Tony. Il pouvait faire ça pour son ami. Il pouvait le tuer pour mettre fin à sa souffrance. Heureusement, cette épreuve lui serait épargnée.

— Neil, dit doucement Alison.

Il ouvrit lentement ses yeux las et la regarda s'approcher de lui sans broncher.

— Je t'ai rendu le revolver parce que je voulais vraiment être dans tes rêves. Vis un peu plus longtemps, pour moi, dit-elle en écartant une mèche du visage de Neil.

L'inquiétude d'Alison le toucha profondément, et le sauva. Il s'affaissa contre le mur, vidé de ses dernières forces, et le couteau tomba par terre.

— Emmène-moi, Tony, gémit-il, le corps secoué de sanglots.

Tony le rattrapa au moment où il tombait et le prit délicatement dans ses bras.

— Je vais m'en occuper, dit-il aux autres.

Et il le porta hors de la pièce.

ÉPILOGUE

C'était une belle journée pour emménager dans une nouvelle maison. Bien que le soleil soit chaud, l'après-midi avait gardé la délicieuse fraîcheur de la matinée. Les dernières gouttes de rosée scintillaient encore sur les pelouses nouvellement semées, et une petite brise vivifiante suivait Alison, tandis qu'elle faisait des allées et venues entre le camion de déménagement et la porte d'entrée. Comme disait M. Hague, leur nouveau voisin, c'était le genre de temps qu'Adam et Eve devaient avoir au paradis.

Au grand soulagement d'Alison, Tony était réapparu le matin même. Il paraissait à peu près en forme. Il aidait M. Hague, un homme jovial qui avait une grosse tête et un rire contagieux, à faire passer un réfrigérateur rebondi par une porte très étroite. Tony l'avait déjà aidé à porter les trois quarts des meubles. En fait, s'il ne lui avait pas donné un coup de main, Alison pensait que son voisin en serait encore à porter les coussins et les tiroirs. Mais ce n'était pas grave. M. Hague était vraiment un homme charmant. Elle avait hâte de connaître sa famille.

— Je peux vous aider? demanda-t-elle, une caisse de livres dans les bras.

— Non, dit Tony, essoufflé, en s'arc-boutant pour soulever le frigo. Vous êtes prêt, monsieur Hague?

— Qu'est-ce que je dois faire? cria M. Hague de derrière l'appareil.

Tony regarda Alison et lui fit un clin d'œil.

— Écartez-vous, simplement.

Et, bandant ses muscles, il réussit à soulever le réfrigérateur pour lui faire franchir le seuil de la porte : il n'avait plus qu'à le faire rouler jusqu'à la cuisine. Elle lui emboîta le pas et posa son fardeau sur un canapé qu'ils avaient fait passer à grand-peine, par la fenêtre. Tony descendit le frigo du diable et poussa celui-ci dans un coin, tandis que M. Hague le regardait faire, secouant la tête d'un air admiratif.

— J'aimerais pouvoir dire que je faisais la même chose quand j'avais votre âge, remarqua celui-ci, mais j'étais encore plus fluet que maintenant. Je devrais quand même être capable de le brancher, ajouta-t-il en enfonçant la prise dans le mur.

Il se releva et sortit son portefeuille.

— Permettez-moi de vous donner un petit quelque chose pour m'avoir épargné une bonne hernie.

— Vous m'avez permis d'échapper à ma séance d'entraînement. On est quittes.

— Allons, j'insiste, prenez ça, dit M. Hague en sortant deux billets de vingt dollars. Vous emmènerez Alison dîner quelque part.

— Mais je suis au régime, l'informa-t-elle en riant.

— Vous me donnerez un coup de main quand j'emménagerai, proposa Tony. Qu'en dites-vous ?

M. Hague se gratta la tête, réfléchit un moment et parut trouver la proposition honnête. Les gros meubles étaient tous déchargés, et ils partagèrent une bouteille de limonade pour fêter ça. Puis M. Hague les raccompagna en se répandant à nouveau en remerciements. A l'entrée, Alison leva la tête vers le plafond en stuc. Non loin de là, on avait sommairement rebouché le trou laissé par son second coup de feu.

— L'agent immobilier m'a dit que le pistolet du peintre s'était détraqué, dit M. Hague qui avait suivi son regard. Ils vont bientôt venir arranger ça.

Elle comprenait que l'agent ait préféré ne pas dire à son client qu'on avait tiré dans sa maison toute neuve.

— C'est terrible quand ces pistolets se détraquent, dit-elle en souriant, tandis que Tony regardait fixement le sol.

M. Hague passa de nouveau deux bonnes minutes à les remercier avant de les laisser s'en aller. Elle n'avait pas encore eu le temps de parler à Tony et elle était impatiente de se retrouver seule avec lui. Mais à peine eurent-ils mis le pied dans l'allée qu'une Camaro pila devant eux. Une fille de seize ans aux cheveux blonds comme les blés en descendit, tout excitée. Elle déshabilla Tony de ses grands yeux bleus.

— Salut ! dit-elle en lui tendant la main. Je m'appelle Kathy, je suis ta nouvelle voisine.

Tony lui serra la main. Kathy devait penser qu'il habitait dans le coin.

— C'est Alison ta voisine, précisa-t-il. Moi, j'habite à l'autre bout de la ville.

Kathy fit une petite grimace de dépit et se tourna pour contempler la rue déserte.

— Mon Dieu, que cet endroit a l'air mortel! dit-elle en levant les yeux au ciel. Quand les autres familles vont-elles emménager?

Alison remarqua que Tony avait le regard perdu dans le vague, et lui serra gentiment le bras.

— Bientôt, répondit-elle.

— Ça sera pas mal. Ça fiche la frousse d'avoir toutes ces maisons vides rien que pour nous, hein?

— Est-ce que ça va être ta chambre? demanda Alison en montrant la pièce au-dessus du garage.

— Ouais, pourquoi?

— Comme ça. Allez, à plus tard, Kathy, dit Alison en entraînant Tony qui était visiblement ailleurs.

— Ravie d'avoir fait ta connaissance. La tienne aussi, Tony. Ravie de t'avoir rencontré.

Tony hocha la tête sans rien dire.

Ils remontèrent la rue, main dans la main, en silence. Le gazon commençait à pousser sur les pelouses, et des moineaux picoraient entre les pousses vertes, à la recherche de graines qui n'avaient pas germé. Le soleil chauffait plus fort sur le goudron, et elle regrettait de ne pas porter de manches courtes. Mais ses parents ne savaient pas qu'elle avait des points de suture au bras et elle n'avait pas encore trouvé d'explication valable. Heureusement, Kipp l'avait aidée à remplacer la porte de derrière, celle de sa chambre, celle du placard du couloir et les panneaux de verre le long de la porte d'entrée. La nouvelle porte de derrière était un ton plus clair que l'ancienne, mais ses parents n'avaient rien remarqué.

Elle avait parlé à Harvey Heck, le gardien, le lendemain de ses aventures. Il était de service toute la semaine, lui avait-il dit, mais il avait l'air d'avoir la gueule de bois et il était inutile de lui demander pourquoi il n'avait pas répondu à ses appels au moment où elle aurait eu tant besoin de lui.

— Il faut que je te raconte les explications que Fran et Kipp ont données à la police, dit-elle. C'est assez drôle. Fran leur a dit qu'elle avait été enlevée par un vieil homme sourd et muet qui l'avait emmenée dans sa maison, dans le désert, et qui l'avait forcée à peindre des portraits grotesques de lui toute la journée. Évidemment, ils ont voulu savoir où il habitait et à quoi il ressemblait, mais elle leur a dit qu'elle était incapable de s'en souvenir. Tu veux connaître la version de Kipp?

Le visage de Tony s'éclaira.

— Je sens que je vais m'amuser.

Elle se mit à rire.

— Pas moins de trois jolies filles seraient responsables de son enlèvement. Il a dit à la police qu'il avait perdu tout ce sang en se débattant, mais qu'elles avaient fini par le maîtriser, l'attacher et l'emporter dans leur camping-car luxueusement capitonné et lourdement parfumé. Et ensuite, elles n'ont pas arrêté de rouler.

— Pendant deux semaines?

— Ouais! Et les deux qui ne conduisaient pas s'amusaient à lui faire subir toutes sortes d'atrocités. Il y avait une amazone blonde, une rousse plantureuse et une brune piquante. Et le plus drôle, c'est que la police a gobé toute son histoire! Il paraît qu'il y aurait déjà eu plusieurs enlèvements de jeunes mâles dans ce style.

— Je n'en crois pas un mot.

— Je ne suis pas sûre de le croire moi non plus, mais c'est ce que Kipp raconte à qui veut l'entendre.

Au grand bonheur d'Alison, Tony éclata de rire.

Arrivés devant chez elle, ils décidèrent de profiter de cette belle journée pour faire le tour du lotissement à pied. Mais avant de continuer, elle sortit du coffre de sa voiture deux classeurs en vinyle vert.

— Je suis sûre que tu ne l'as pas oublié, c'était la remise des diplômes avant-hier. J'ai accepté le tien à ta place. Fran a reçu celui de Neil, ajouta-t-elle en lui tendant les deux certificats.

Il les regarda rapidement, le visage impassible, puis les posa sur le toit de la voiture.

— Je les récupérerai au retour.

Il la prit par la main et l'entraîna vers la route.

— Comment s'est déroulée la cérémonie? demanda-t-il d'un ton désinvolte.

— C'était barbant, dit-elle en haussant les épaules. Ils ont fait ça au stade, et on était assis sur des sièges pliants au milieu du terrain de football. Mais il y a eu deux ou trois trucs bien. D'abord, Brenda a chanté. Évidemment, ils ont été forcés de lever son exclusion. C'est la seule de tout ce crétin de lycée à savoir chanter. Ils n'avaient pas vraiment le choix. Tu n'imagineras jamais ce qu'elle a choisi. *School's out for Summer* d'Alice Cooper! Et c'est M. Hoglan, le prof de théâtre, qui l'a accompagnée au piano!

Il sourit.

— Est-ce que Kipp a fait le discours d'adieu?

Un énorme berger allemand au collier argenté, avec un pseudo-os de dinosaure dans la gueule, croisa nonchalamment leur chemin, en leur jetant un regard de travers. Une autre famille avait dû arriver.

— Oui, répondit-elle prudemment.

— De quoi a-t-il parlé?

— De Neil. On l'a enregistré sur cassette. Si tu veux, tu pourras l'écouter.

— Raconte-moi.

— Tu connais Kipp. Il a gardé un ton léger, mais il a dit des trucs vraiment profonds. En fait, en plein milieu de son discours, il s'est retrouvé sans voix. Il a dit après qu'il avait eu la gorge sèche, mais tout le monde a bien vu que ce n'était pas ça.

Elle se pencha pour cueillir une marguerite. Le souvenir de cette scène lui serrait la gorge.

— Tu veux bien me dire comment ça c'est passé? demanda-t-elle alors d'une voix hésitante.

Il ne répondit pas tout de suite et, un instant, elle eut peur de s'être aventurée trop loin.

— Nous sommes allés dans les montagnes, se décida-t-il enfin à lui répondre. Dans un coin très joli, près d'un lac. Ça a bien plu à Neil. Je me suis servi de la carte de crédit de mes parents pour louer un chalet. J'ai appelé ma mère et mon père pour leur dire que j'avais besoin d'être seul un moment et, après tous ces événements, ils ont trouvé que c'était une bonne idée. Nous sommes restés là-bas une semaine entière. Nous avons eu un temps splendide. Le matin, des chevreuils venaient jusqu'à notre porte et nous leur donnions à manger. Enfin, Neil leur donnait à manger, car ils prenaient la fuite dès qu'ils me voyaient. Allons, dit-il en lui pinçant le bras, ne sois pas si triste. Neil a été heureux pendant cette dernière semaine. Il souffrait beaucoup, il

153

refusait de prendre ses médicaments, et il était si fatigué qu'il ne pouvait plus marcher, mais il était comme autrefois. Le Rédempteur, l'homme, toutes ces salades, c'était oublié. Nous n'en avons même pas parlé. Nous avons seulement évoqué le bon vieux temps. Les films que nous avions vus, les disques que nous aimions, les endroits où nous étions allés. Et nous avons parlé de toi.

— Qu'a-t-il dit ? demanda-t-elle en souriant à travers ses larmes.

— Des trucs chouettes. Ça t'aurait fait plaisir.

Il la lâcha pour s'étirer, le visage levé vers le soleil comme un homme qui serait resté trop longtemps dans l'obscurité.

— En fait, on a passé la plupart du temps assis au bord du lac à faire des ricochets et on était bien. Je lui avais mis une vieille chaise longue au bord de l'eau. Il était bien. (Une ombre passa sur son visage.) Il y était assis, hier matin, quand il est mort.

Leur promenade les avait conduits dans un cul-de-sac. Elle lui montra une brèche dans le mur qui entourait le lotissement. Ils passèrent de l'autre côté et se retrouvèrent dans une plaine de hautes herbes sèches et de broussailles qui semblait s'étendre jusqu'aux montagnes. Des insectes bourdonnaient à leurs pieds sans s'intéresser à eux, et un énorme papillon orange se mit à virevolter au-dessus de leurs têtes. Plus loin, sur la droite, sur une petite butte, une bande de lapins leur jetèrent un regard inquiet avant de retourner vaquer à leurs affaires. Ses yeux avaient séché et elle remarqua que Tony avait retrouvé son sourire.

— Ali, Neil savait que je me sentais tellement coupable que j'allais me rendre à la police dès qu'il serait mort. Et il avait raison, c'était bien mon intention. Mais comment pourrais-je aller me livrer sans la moindre preuve ? Il a jeté le corps de l'homme dans l'incendie — ce qui, d'ailleurs, a bien aidé sa mère financièrement, entre l'argent de l'assurance et le reste — et il s'est arrangé du même coup pour que je ne puisse même plus conduire la police à la tombe improvisée.

Le papillon orange se posa sur une énorme pierre jaune. Alison s'arrêta et plaça sa main ouverte à côté. A son grand plaisir, le papillon vint se poser dessus.

— Ça ne m'était plus arrivé depuis mon enfance, chuchota-t-elle, ravie.

154

— Tu as dû retrouver ton innocence.

— Tu crois ? demanda-t-elle, brusquement sérieuse.

— Je disais ça comme ça, marmonna-t-il.

Elle leva la main, souffla doucement, et le papillon s'envola.

Les deux derniers mois avaient été les plus intenses de sa vie, et elle aurait trouvé injuste qu'ils ne lui aient rien appris. Elle s'appuya sur le rocher et leva la tête vers le ciel bleu en réfléchissant.

— Je ne sais pas pour mon innocence, mais en tout cas, je sais que je ne serai jamais plus une sale petite pimbêche.

Il lui serra l'épaule.

— Je n'ai jamais pensé cela de toi.

— D'autres l'ont fait.

— Pas Neil.

— Mais c'est lui qui me l'a fait comprendre. Jamais plus je n'enverrai les gens sur les roses comme je l'ai fait avec lui. La prochaine fois que quelqu'un tiendra à moi, je ferai attention.

Elle prit la main qu'il avait posée sur son épaule et l'embrassa doucement. Elle se sentait triste à nouveau, mais d'une douce mélancolie qui lui réchauffait le cœur.

— Tu as perdu ton meilleur ami, et j'ai perdu mon plus fervent admirateur. Je ne peux pas prendre la place de Neil, mais toi, pourrais-tu prendre la sienne ?

Il la regarda un moment, de ses yeux aussi bleus que le ciel, et secoua la tête.

— Non, dit-il en l'attirant dans ses bras, mais je te promets de faire de mon mieux.

Ils pensent tous que la chaîne de lettres maléfiques est définitivement rompue. Mais s'ils ont partagé le même secret... ils vont désormais partager la même terreur.

Fran prit le courrier dans la boîte aux lettres.
Elle remarqua aussitôt l'enveloppe violette.
Son cœur faillit s'arrêter. Elle laissa tomber le reste du courrier et déchira précipitamment l'enveloppe. Sa main tremblait lorsqu'elle commença à lire.

Ma chère amie,

Tu croyais me connaître mais tu te trompais. Tu croyais que j'étais ton ami, mais tu te trompais. Je suis le véritable Rédempteur, et je vais m'occuper de toi.
Lis bien attentivement.
Au bas de ce message se trouve une liste de noms. Le tien est en premier. Je n'attends de toi, pour le moment, qu'un témoignage d'obéissance.
Si tu n'accomplis pas le petit service demandé, ou si tu brises cette chaîne, tu seras impitoyablement punie...

A suivre dans *La chaîne de la mort - 2*, de Christopher Pike, en vente dès maintenant dans la collection Peur Bleue, n° 4723.

Composition Euronumérique
Achevé d'imprimer en Europe (Allemagne)
par Elsnerdruck à Berlin
le 27 octobre 1997
Dépôt légal : octobre 1997. ISBN 2-290-04644-2

Éditions J'ai lu
84, rue de Grenelle, 75007 Paris
Diffusion France et étranger : Flammarion